我在场

阎 纲 著

陕西师范大学出版总社 西安

图书代号　WX25N0833

图书在版编目（CIP）数据

我在场 / 阎纲著. -- 西安：陕西师范大学出版总社
有限公司, 2025. 3. -- ISBN 978-7-5695-5503-5

Ⅰ. I251

中国国家版本馆CIP数据核字第2025AG7599号

我 在 场
WO ZAI CHANG

阎　纲　著

出 版 人	刘东风
责任编辑	杨　杰
责任校对	张旭升
封面设计	尚书堂
出版发行	陕西师范大学出版总社
	（西安市长安南路199号　邮编710062）
网　　址	http://www.snupg.com
印　　刷	天渠（西安）印务有限责任公司
开　　本	880 mm×1230 mm　1/32
印　　张	10.5
插　　页	2
字　　数	207千
版　　次	2025年3月第1版
印　　次	2025年3月第1次印刷
书　　号	ISBN 978-7-5695-5503-5
定　　价	69.00元

读者购书、书店添货或发现印刷装订问题，请与本公司营销部联系、调换。
电话：（029）85307864　85303629　传真：（029）85303879

代序：阎爷句式

蒋子龙

上个世纪60年代初，有一本对文学爱好者影响很大的书，就是茅盾点评的《1960年短篇小说欣赏》。我读后颇有心得，便写成文章寄给《文艺报》，不想正是阎先生看到我的稿子，并专程到天津约我面谈修改意见。

当时阎先生经常在国家级报刊上发表评论文章，这般大才竟面对面掰开揉碎了跟我讲怎样写文章，我能不铭记终生！1983年《小说选刊》问世，他在创刊号头条选了我的短篇小说《一个工厂秘书的日记》，并配发了他的短评《又一个厂长上任》……这是真正的导师，非是现在把"老师"当客气话挂在嘴上所能比的。

六十多年来，我每次见到阎先生都毕恭毕敬。但太客气就难免拘谨，话不敢多说。按天津卫的习惯，见面一抱拳，口称一两声："爷！爷！"有几分亲昵，又带点没大没小的痞味儿，后面就好办了，可以说正经的，也可以聊天，甚至八卦。至今，八十五岁以上的师友还有几位，在微信上无话不说的却只有两位，一位是八十七岁的林希，再一位就是九十岁的阎爷。称"阎爷"，只两个字，如果老是"阎先生"，老得拿着个劲儿，读者也累得慌。其实，不管论文还是论寿，阎先生在当今文场都是爷爷辈！

回到正题。近得先生又一大著《我还活着》，心里陡然一震。泰戈尔说"我活着，这就是人生"，是自喜、自惊。阎爷加上一个"还"字，是自信、自励，是宣示，是挑战，挑战生活与命运。

"活着"为什么？"活就活个明白，说人话，做人事。"

简简单单的大白话，却疾风暴雨，波浪滔天。这就是锤子式的句式，一锤下去，火星喷溅。

书中这种出语奇横的句式，海了去啦。

甚至调侃自己："我，瘦猴一个，电线杆子一根，又属猴，暗自神伤。""我爱瘦不爱胖，爱轻捷不爱笨重，爱小目标不爱众目睽睽，爱轻装简服不爱花团锦簇。六十多公斤一贯制我不嫌，挺不起西服打不紧领带拖不稳革履我不吝，只要运动来了顶得住地震来了跑得动瘦不干瘪瘦不卑贱就成……越来越不如颧骨高高突起的马三立。瘦比胖好，我于今不悔。"快然自适，气蕴盈溢。

再譬如，"我还活着，我作证"。为谁作证？天知地

— 2 —

知，你知我知，尽人皆可猜测，为当代文学作证，为作家作证。

这部书就是他的"证词"。

为柳青作证："半生顿踣，死后寂寞""梁生宝、梁三老汉不会过时，《创业史》不会速朽"。中国确确实实经历过一个"社会主义高潮"，《创业史》是那种语境下的"文学社会史"，写出了苦难深重的庄稼汉的"理想国、心灵史"，这样的表述是何等的精确、服人。

路遥和陈忠实都把《创业史》读了七遍。不知其他地方的作家，还有这样读本土前辈作家的作品吗？

路遥给《平凡的世界》画上最后一个句号，"疯子般一把推开窗户将笔扔了出去，扔得很远，叫喊：'这是为什么？'然后冲进厕所，对着镜子再行叩问：'我究竟为什么？为什么？'放声大哭"。以命搏文字，他想不惊世都难。

阎爷引高建群赠路遥的话："文学是一种殉道，陕北高原是一个英雄史诗、美人吟唱的地方。"陕西才子成群。阎爷论一位陕西师大的教授："朱鸿三部，钩稽故实，于史补阙增容，于文散章别裁，质朴厚重，有乡党太史公之遗风。"

对呀，陕西文道是由司马迁开辟的。西安空军军医大学退休的政委李亚军"一年能写上上百篇散文，已完成上百万字"，牛汉说"散文是诗的散步"，他却说是"诗的马拉松"。

陕西是文学的高地，也是文学的福地。已享米寿的文坛福星周明，邀约阎爷："阎兄，日月如梭，转眼就是百年，咱俩葬到一起吧。我家在秦岭脚下，有地，终南山隐士处、白居易'观刈麦'地，由你挑。"

他们是同乡、同学、同事、五七干校"五一六反革命集团同案犯"，做了一辈子的朋友还没做够，竟希望死后也葬在一起！在当今文坛上，还找得出第二对吗？

我极认可他为周明的画像："热爱生活，精力充沛，有求必应，是热心穿梭的'文坛基辛格'，从早笑到晚，越老越比儿子年轻，没大没小，人见人爱。他的命不大，谁命大？"澄怀创真，情谊酣畅，显示了两个人充盈的生命力。

阎爷为吴冠中作证："他丰满而瘦小，富有而简陋，平易而固执，谦逊而倔强，誉满全球却像个苦行僧。"句式如连珠炮，元气浑成，字字朗激。

为屠岸作证："乍看文弱书生，再看是个大儒……满腹经纶的文场通才""历经乱世，两次自杀，屠岸还是挺过来了，思维敏捷，生活规律，不生闲气……"用十来个精妙的句子，把老诗人饱经磨难的一生概括得清澈和刚劲，又明快朗润。

我以为，评论的本质是交流，与读者交流，与作者交流，与文学史交流。阎爷的评论言简意赅，这本书里的证词大都是好话。但好话不多说，如排球场上对阵，讲究"短平快、稳准狠"。

因他"兴趣在大众文艺一边，痴心于大众文学、民间文化"，所以他对作家极友好，精神刚硬强大，心地柔软和厚，故能以善为魂，以文为骨。良药不一定非得苦口，《随园诗话》云："药之上品，其味必不苦，若人参、枸杞。"同样是陕西大才的李建军有言："伟大的文学从来不是怨毒的。"

阎爷喜欢使用槌子式的语句，对响鼓要重槌，对业余作者小槌点拨。我第一次见他的时候正在车间当铁匠，大铁砧子后面站着掌钳子的，钳子夹着红铁，右手一把小锤，对面站着下手抡大锤，小锤点到哪儿，大锤紧跟着就砸在哪儿，其节奏是"叮当当，叮叮当"。当时我就感觉阎爷是拿小锤的，我是那个抡大锤的，他指哪儿我打哪儿。

如今敢说作家的好话，也需要勇气和正直坦荡的品格。因为现实的风气是不能公开说某个作家的好话，人心陷溺，文场也一样，你说张三好，会开罪不喜欢张三的人。你不知道现在的人际关系有多复杂，不是现实主义，是人人活得现实。所以聪明人想说自己小圈子里哥们的好话，都用明贬真褒或打情骂俏的方式。

阎爷不怕，有胆气，有真性情。文气通正气。古人云，歪风邪气写不出传世文章，有真性情才有好文字。他尖锐，识力深透，且看他的焦虑："我是乐观主义者，但对我国文艺界多多少少有些悲观。中国作家笔下的男人也好，女人也好，很难说都是成熟的角色。他们难得具备健全的、高质量的心理状态，并且亮不出健美的肉体、敏捷的活力和自然、未被败坏的'性爱'能力。所以，七七八八的隐私文学居然没有多少可以拿来与《廊桥遗梦》相比的，不怪别的，只怪我们土壤上生长出的往往是人工培育的生物，欠缺整体上的和谐，肉与灵分裂，性与情、情与爱分离，健康与美丽相悖。偷偷摸摸的婚外恋、猥猥琐琐的情话和性事何美之有？"

我非响鼓，也挨了他一记重槌，凡中国作家读到这段文字，都不能不反省自己的作品中有没有这些毛病。

老，是一门学问。所谓"活到老，学到老"，不是指到老了还能读书看报。想要老得漂亮，是要学会怎么变老。沧桑作笑谈，坎坷任纵横，神思感奋，逸兴遄飞，做过别人的贵人，自己也会遇到贵人，如此老境，怎不风光无限。

先生过九十岁了，又出新书，里面有非常感人的人物、细节，有文坛故事，绝非"老干体"。他活成了文坛上的一个传奇。祝福阎先生越活越厉害，文字厉害，思想厉害！

论"在场"

白　描

中国当代文学评论家队伍，有个很有意思的现象，我把它叫作"十年链环"，或"十年梯队"。最上边一环是老一辈德高望重的评论大家冯牧，下边是阎纲、雷达、白烨、李敬泽、李建军等，在年龄上彼此相差十岁左右。这个序列，有一个共同特点，就是文学评论的"在场"性。

"在场"与"不在场"本来是一个哲学概念。"在场"就是熟悉了解你所面对的事物，对事物有直接性经验，呈现事物的本真面目和规律，无遮蔽，具有澄明的认知属性，从而获得评论指向的真确性。上述从冯牧、阎纲下来的这脉链条，他们都做过编辑，熟悉作家，能深入地介入作家的创作实践当中，和作家，和作品，自然不隔，这才使他们评论的"在场性"成为可能。

与之相反，"不在场"则是另外一条路子，他们的文学评论或许归属于某种理论体系，但因为对评论客体的隔膜，对创作实践的隔膜，这理论只是一个筐子，什么东西都要往这筐子里装，复杂深幽、途径各异的创作实践，千姿百态的文学作品，变成了他们那只筐子的填充物，而不是用自己独到的目光阐释作品，揭示艺术创造的本质，洞悉生活的真相。读他们的评论，获得的往往只是大而无当的概念、云山雾罩的泛论、佶屈聱牙的词语、玄而又玄的理论注脚。这样的评论，人们愈读不懂，愈显出评论家的高深。这是当代文学评论的一种可悲现象。

文学评论的"在场"，是拒绝这筐子的，主张贴近生活，贴近艺术创作实践，贴近艺术生发和创造规律，亲和作家，亲和读者。他们是作家的良师益友。他们的见解，他们的意见，对作家总有启发，甚至有醍醐灌顶、点石成金的功效。阎纲在"十年链环"这一脉"在场"文学评论家中，起着承前启后的作用。前边的冯牧，可以看作是他的师长；他的后边，衔接他的是师弟雷达、白烨；而如今在中国文坛熠熠生辉的李敬泽，事业的起点正始于他的麾下。作为小老乡李建军，也以研究他的《神·鬼·人》作为起始。从这一点上说，阎纲堪称中国文学评论界的一张名片。

目 录

第三辑　　　　　　　　　　　　　　　　　　　　*069*

第六辑

第一辑

传统文学的始祖

"子曰：周监于二代，郁郁乎文哉！吾从周。"

孔子修订的《诗经》是中国早期的重要文学作品，司马迁说："《诗》三百篇，大抵贤圣发愤之所为作也。"

《诗经》的内容是风、雅、颂。风是歌谣，是诗，是中国文学的始祖。孔子作的《春秋》是鲁国的国史，是古代史类的散文作品，微言大义，记事语言极为简练。《战国策》既具有丰富的史料价值，又是一部形象逼真语言传神的散文集。

《诗经》的创作方法是赋（敷陈其言而直言之也）、比（以彼物比此物也）、兴(先言他物以引起所咏之词也)。赋、比、兴将客观形象与主观心灵融合成带有某种意蕴与情调的艺术形象，使人产生浓厚的阅读冲动，即所谓的"诗味"。

概乎言之，传统文学之道，兴、观、群、怨；传统文学之法，赋、比、兴。

传统文学的老祖宗，一个屈原，一个司马迁。屈原绝命赋《离骚》，司马迁忍辱作《史记》——"无韵之离骚，史家之绝唱"。

　　伟乎哉，《离骚》"诗可以怨"，《史记》"发愤之所为作"，千年来，一直在引领中国的文学事业。

什么是文学？请教马克思、恩格斯

马克思、恩格斯在他们合作的第一部著作《神圣家族》中齐声宣称："人民历来就是作家'够资格'和'不够资格'的唯一的判断者。"

马克思说："你们并不要求玫瑰花和紫罗兰散发出同样的芳香，但你们为什么却要求世界上最丰富的东西——精神，只能有一种形式呢？"

马克思在《政治经济学批判》导言里指出，希腊神话"就某方面说还是一种规范和高不可及的范本"。希腊艺术具有永久的魅力，说明优秀的文艺作品应当真实地展示人的精神面貌，表现人类对美好天性的追求。

马克思认为"美"是人的本质的对象化。他说，"人的类特性恰恰就是自由的自觉的活动"，"人的本质……是一切社会关系的总和"，"人按照美的规律来建造"。

恩格斯认为作者的见解愈隐蔽愈好，强调典型人物的个性化，反对把形象变成概念的化身，要求人物典型性和环境典型性的统一。

至于文艺的批评标准问题，有人提出"思想性和艺术性的统一"（正如陈涌、李何林曾经探讨过接着遭到批判的那样，其艺术必须是内涵思想的艺术性，其思想性必须是内涵艺术的思想性）。有人甚至提出"艺术标准第一，政治标准第二"，可是有多少人信服地诠释马克思主义的审美标准，又有多少批评家创造性地运用马克思主义的批评标准？

我们不应该忘记恩格斯在谈到文艺复兴运动时所说的话：这"是一个需要巨人而且产生了巨人——在思维能力、热情和性格方面，在多才多艺和学识渊博方面的巨人的时代"。

更不应该忘记恩格斯在论述"您（斐·拉萨尔）不无根据地认为德国戏剧具有较大的思想深度和意识到的历史内容，同莎士比亚剧作的情节的生动性和丰富性的完美的融合"之后，郑重而鲜明地提出"美学观点和历史观点"的统一（首先是"美学观点"，而不像黑格尔提出的"历史的和美学的观点"那样，置"美学观点"于"历史观点"之后——笔者注），以为这是评判文艺的"非常高的、即最高的标准"。

这是一把神奇的钥匙，轻轻地一拨动，文艺家灵府的秘密暴露殆尽：

歌德有时候是非常伟大的，有时候是渺小的；他有时候是反抗的、嘲笑的、蔑视世界的天才，有时候是谨小慎微的、事事知足的、胸襟狭隘的小市民。甚至歌德也不能战胜俗气；恰恰相反，俗气却战胜了歌德……我们责难他，并不是……而是……不是为了他是一个宫臣，而是为了在拿破仑扫除德国这个肮脏地方的时候，他还能带着得意的严肃态度从事最卑微的德国宫廷中的最卑微的事情和无聊的娱乐。……

深入肌里的剖析，相反相成的词锋，一连串排比的漂亮词句，令人拍案叫绝。故此，恩格斯把他和马克思所运用的这一方法，概括为以下著名的标准原则：

我们根本不是从道德的、党派的观点，而主要是从美学的、历史的观点来对他加以责难；我们不是用道德的、政治的、"人的"尺度来衡量歌德。我们在这里不能不联系着他的整个时代、他的文学的前辈和同时代人来描绘他，不能不从他的发展上和联系着他的社会地位来描绘他。

并没有舍弃"道德的""党派的""政治的""人

的"尺度，而是在"美学的、历史的观点"这一"非常高的、即最高的标准"的主导下，将文艺观和创作论统一起来，成就了对立统一的艺术辩证法，正像莱辛所形容的那样：它"犹如电光一闪，照亮着艺术的奥秘"。

依据马克思、恩格斯的这一经典论断，完全有理由这样理解：一，文艺首先是艺术，是音容笑貌、喜怒哀乐，是心的交流，是真善美，文艺家必须具备美学资质；二，文艺为人的审美活动服务，文艺家必须对历史负责，接受历史的检验和评价。

没有正义就没有和平，没有批判就没有自由。

这才是文艺家最向往的外宇宙和内宇宙，多么广阔，多么动人，多么神奇啊！

什么是文学？请教歌德

在《歌德谈话录》中，歌德认为，艺术家要通过整体向世界说话。但这种整体是他自己想象的结果，是神的气息吹拂的结果。

"艺术高于自然。艺术家对于自然有着双重关系，他既是自然的主宰，又是自然的奴隶，也就是说，他必须用人世间的材料来进行创作，但同时要使这种人世间的材料服从他的较高的意旨，并且为这较高的意旨服务。换言之，艺术须基于自然的真实，但艺术的真实不等于自然的真实，艺术有其自身的规律，它是一种按照人的方式达到的完美自然，即第二自然。"

大自然和艺术家的作用是不同的，"大自然所组织的是一个活生生的、无关紧要的机体，而艺术家所组织的是一个死的、但是重要的机体，大自然组织实在的机体，而艺术家组织虚假的机体，观赏大自然的作品时，人们必须赋予它们以意义、感情、思想、效果及对性情的影响"。

"我所要做的事不过是用艺术方式使这样一些体验和印象圆满和完善，然后用生动的描绘把它们显露出来……"

他说："对于任何理论来说，实践是试金石。"他借浮士德之口说："理论是灰色的，生命之树常青。"

歌德认为大自然是永恒的、统一的和有灵性的，"在生气勃勃的大自然中，万物均和整体相联系，大自然中的一切，特别是最普遍的力和元素，处于一种作用和反作用的永恒关系中，所以我们可以说每个现象同无数的其他现象是相关联的"。这也就是歌德"对立统一的艺术观"。

"简单模仿是以静止的存在和亲切的现在为基础，手法是以一种轻快的、有能力的情绪去把握一种现象，而风格是以最深刻和最扎实的认识，以事物的本质为基础，因而我们就能在那些看得见摸得着的形象中认识这种本质。"

"显出特征的艺术才是唯一真实的艺术。"

歌德关于"在特殊中显出一般"的现实主义创作方法原则，后来经过黑格尔发挥，在马克思、恩格斯的著作里，就发展成为"典型"的基本理论。

马克思在致拉萨尔的信中写道："这样，你就得更加莎士比亚化，而我认为，你的最大缺点就是席勒式地把个人变成时代精神的传声筒。"

歌德多次提到人格对艺术创作至关重要的作用。他指出，作家本人的人格较之他的艺术才能对读者的影响更大。古希腊人就是凭着自己的伟大人格去对待自然的。只有显出作者伟大人格的作品，才配进入民族文化的宝库。在艺术和诗里，人格就是一切。

歌德主张寓知识于娱乐，用真正伟大和纯洁的东西去影响和教育读者。"凡是病态的、萎靡的、哭哭啼啼的、多愁善感的以及恐怖的、令人毛骨悚然的、伤风败俗的东西，都应一概排除。"

歌德虽然强调文艺创作必须从现实世界出发，但他并不否定虚构和预感在文艺创作中的作用。他指出，"在艺术创造的较高境界里，要使一幅画成为真正的一幅画，艺术家可以随意挥洒，可以求助于虚构"，"我写《葛兹·冯·贝利欣根》时才是个二十二岁的青年……我并没有见过或经历过这样的情况，所以我想必是通过一种预感才认识到各种各样的人物情境的"。

在《歌德谈话录》中，歌德提出"精灵"说和"天才"说，以此解释大政治家、大作家、大艺术家为什么能达到常人难以达到的成就。他把拿破仑、魏玛大公爵卡尔·奥古斯特、意大利作曲家帕格尼尼称作精灵人物，认为精灵（或称鬼才）是理智和理性无法解明的东西，精灵只显现于完全积极的活动力中，梅菲斯特太消极了，不可能具有精灵的特征。

歌德的"精灵"说和"天才"说说明歌德并不是一个

彻底的无神论者，因为他把精灵和天才看作超自然的天生的才能，看作来自上界的出乎意外的礼物，看作上帝纯洁的孩子们。

在《歌德谈话录》中，歌德还谈到了艺术与政治的关系。歌德持有超政治、超党派的观点，但绝不是不关心政治，更不是对历史和社会问题是非不分，而是因为他深知文艺有自己特殊的规律。

谈起《少年维特之烦恼》时，歌德说："哪个少年不多情，哪个少女不怀春？"可是，维特只活到二十五岁，这也是歌德写作此书的年龄。

歌德和席勒一样，第一次指出了资本主义生产对艺术和诗歌的危害性，同时指出资本主义的分工破坏了人性的完整与和谐。他希望通过审美教育恢复人性的完美与高尚，使近代人具有古希腊人所具有的理想人格。

《金蔷薇》：文学怎样打动人？

据说金蔷薇是一位男士用积攒的金粉打给他的未婚妻的礼物，直到他的未婚妻临死之时都随身携带着这朵金蔷薇。拥有金蔷薇就会拥有幸福。

金蔷薇是用过滤尘土后的金粉打造，每一粒金粉都弥足珍贵。打造金蔷薇的过程，就像创作作品一样。每一个创作者都应该下功夫从庞杂的微尘中提炼出金子一样的文字。

刘小枫在《我们这一代人的怕和爱——重读〈金蔷薇〉》里写道："《金蔷薇》不是创作经验谈，而是生活的启迪……（如此）才会理解俄罗斯文化中与被钉死在十字架上的耶稣一同受苦的精神。"

跟金蔷薇的寓意一样，《金蔷薇》的作者帕乌斯托夫斯基希望我们创作的每一个作品都如金蔷薇一样稀有和珍贵。

问：文学怎样打动人？

帕乌斯托夫斯基引用阿·托尔斯泰这样的描写：

精疲力尽的达莎睡着了，当她醒来时，她的小孩已经死了。

她把他抓起来，解开襁褓，——在他那高高的头颅上，稀稀拉拉的浅色头发竖了起来。

……达莎对丈夫说："我睡觉的时候，死神降临他身上了……你想想看，他的头发都竖起来了……他一个人受苦……我却在睡觉……"

不管怎么劝说，都无法把小孩跟死神单独搏斗的那个幻影从她的脑海里赶走。

"婴儿柔软的头发竖了起来"，抵得上连篇累牍的对死亡的描绘。

这就是作品感动读者的力量，读过就难以忘怀，同时也为作者的才华所倾倒。

那么，感动读者的力量到底从何而来呢？

它源于作者对于美和爱的追求。

作者在世界的纷繁复杂中，要有敏锐地发现第二世界"美"的眼睛。文字之所以能打动人，关键在于包含着金子一般的人类普遍的感情。

早在童年时，帕乌斯托夫斯基就被《悲惨世界》弄得心醉神迷，他把《悲惨世界》一连读了五遍。他在《金蔷薇》的《第一篇短篇小说》里介绍，他还是中学生时，除了写诗，还写了一篇小说，被杂志编辑退稿了。他就改呀改，直到那位编辑拍拍他的肩膀说："祝贺您！"由此，帕乌斯托夫斯基深有体会地写道："应该给予你内心世界以自由，应该给它打开一切闸门，你会突然大吃一惊地发现，在你的意识里关着远远多于你所预料的思想、感情和诗的力量。……只有能给人们讲述新鲜的、有意义的、有趣的东西的人，只有能见别人所未见的人，才能成为作家。"

在《金蔷薇》里，帕乌斯托夫斯基探讨了写作上的一系列重要问题：作品构思的产生过程；作家应如何培养观察力，提炼素材，磨炼语言；想象的必要性；细节描写的功能；人物性格本身的逻辑性；灵感的由来等诸多关于创作方面的个人经验，读来非常优美，非常享受。

《迟桂花》气韵生动，"愿得我们都是迟桂花！"

中篇小说《迟桂花》是郁达夫后期的代表作之一。他后期小说的代表作还有《出奔》，但在艺术上，《迟桂花》特色显著，能代表他小说的艺术风格。

郁达夫工于小说，在现代文学史上颇负盛名。他的小说富有才情，形象清晰，故事跌宕；长于写景抒情，善以自然出之；语言优美洒脱，文笔舒徐明澈；技巧圆熟，清新之气逼人；取材大胆却狭窄，心绪义愤多感伤。读《迟桂花》，可见其小说艺术之一斑。

在《迟桂花》中，兄妹二人的苦痛，因"郁先生"的到来有所释化，深挚的友情和朦胧的爱情，为一对兄妹带来生的憧憬。作者不把美好期以早日，因为"桂花开得愈迟愈好，愈经得日久"。作品最后写送别，火车开动了，兄妹俩依依惜别，随车跑动，"郁先生"伸出头叫他们说："则生！莲！再见！但愿得我们都是迟桂花！"

作者对莲妹不幸婚姻的描写，令人同情；对她聪慧活泼的性格描写，十分可爱。她不但详识西子湖上的山水古迹、庙宇楼台，而且详识这里的林木草芥、鸟兽虫鱼。她在作者的笔下，不但长得格外动人，而且兼有一层恼人的风韵。这是"一个极可爱的生长在原野里的天真的女性，而女主人公的结果，后来都是不大好的"。龌龊的社会压迫了天真的女性，迟开的友情或爱情之花能否使她们返璞归真？远看依稀近却无，作者没有说穿。

作者的观察细致入微，不但能绘出景物的特点，而且能绘出景物的变幻。不同时辰的景，呈现出迥然不同的风情。这里有太阳落山、晚霞笼上之景，有月空树下、银线万千、秋虫鸣唱、疑似急雨之景，有山中清晓、酒后初醒、红箭射窗之景。情景交融，境界全出，把一组动人的故事，融入西子湖畔、狮子峰下的诗情画意之中。

对于《迟桂花》，有史家持保留态度，说作者远离现实斗争，安于隐士生活，追求安逸恬静，客观上起了麻醉人民、消磨斗志的作用。不！对一部作品下这样的结论太过分了。从《迟桂花》来看，作者没有反对当时的革命斗争，正如三年之后，他写出《出奔》这样的直接取材于1927年大革命的作品。在这篇作品中，作者对地主阶级的贪婪、阴险和仇恨溢于言表。一个年轻的革命者被腐蚀，毅然火烧地主全家，终于出奔的故事，其惋惜之情同样溢于言表，表现出作者的思想倾向。诚然，《迟桂花》和《出奔》都是郁达夫后期的代表作，二者可以相互对比，但是不能以后者苛求前者。看作家要看全人，看作品要顾及作家的其他作品。我们不否认这时的都达夫隐逸杭州的消沉情绪，但"开得愈迟愈好"的《迟桂花》，还不至于变成"一股时代的逆流"。

郁达夫一生仰慕光明，可是没有勇气真正参加革命；他不断追求进步，其结果却往往失望和颓唐；他作品的取材广泛，但题材显得狭窄；他对黑暗社会的揭露很大胆，然而却任其病态心理的、陀思妥耶夫斯基式的真率自由地流于笔端。在现代文学史上，郁达夫是一个典型。

郁达夫因发起组织"中国自由大同盟"，参加"左联"，主编左翼刊物而为国民政府当局所忌恨。当时国民政府特务在上海到处杀人、捕人，迫害进步人士，郁达夫难以安身，向往杭州的清静。

为此，鲁迅写诗《阻郁达夫移家杭州》：

钱王登假仍如在，伍相随波不可寻。
平楚日和憎健翮，小山香满蔽高岑。
坟坛冷落将军岳，梅鹤凄凉处士林。
何似举家游旷远，风波浩荡足行吟。

后来，郁达夫写了进步作品《出奔》。抗日战争爆发，他积极宣传抗日，到南洋，在苏门答腊被日本宪兵诱骗杀害。

郁达夫，人称"近代古诗第一人"，代表作有《钓台题壁》：

不是樽前爱惜身，佯狂难免假成真。

曾因酒醉鞭名马，生怕情多累美人。

劫数东南天作孽，鸡鸣风雨海扬尘。

悲歌痛哭终何补，义士纷纷说帝秦。

将近百年过去，迄今流传着他的名句："曾因酒醉鞭名马，生怕情多累美人。"

将近百年过去，迄今音犹在耳，郁先生从车厢里伸出头说："则生！莲！再见！但愿得我们都是迟桂花！"

第二辑

第三届中国文联全委会第三次扩大会议，恢复中国文联和各协会的工作

1978年，中断十五年之久的中国文联全委会举行，我有幸出席旁听，会上会下亲历亲闻，记忆犹新。

开幕在即，大会宣传组副组长刘锡诚找我，要我同他和谢永旺一起，突击完成一项重要任务：起草中国文联主席郭沫若致大会的书面讲话稿，时间非常紧迫。

锡诚介绍说，郭沫若卧病在床，筹备组请人代笔起草讲话，讲稿送于立群后，未获通过。于立群和家人要求讲话稿深入地揭批"四人帮"，鼓励文艺家大胆地进行艺术创造。锡诚很着急，说："咱们一块儿突击干吧，后天大会开幕，只能成功不能失败！"

我们三人分头起草讲话，特别指出"在这样的时刻，我们更加缅怀伟大导师毛主席"和"更加怀念敬爱的周总理"，并且加重语气表示："作为文艺战线上的一个老

兵，我愿和同志们一道学习。我向同志们问好！向全国文艺战士们寄以热烈的美好的祝愿！"我起草的部分突出了郭老对"二百"方针的期待："科学要进步，文艺要发展，没有百花齐放、百家争鸣的局面，没有首创精神、创造性的劳动、敢想敢说的风格是不行的。""粉碎了'四人帮'，我们精神上重新得到一次大解放。一切有志于社会主义文艺事业的文学家、艺术家，有什么理由不敞开思想、畅所欲言、大胆创造呢！在今天，我们特别希望出现一大批文学艺术的闯将……"整整一个通宵到天大亮，三个部分最后连缀成篇，题目是《衷心的祝愿》。刘锡诚即送冯牧等大会筹备组领导审查通过，随即赶赴北京医院送审。郭老的家属过目后表示同意，希望讲话稿充分表达郭老病中百感交集的心情。

1978年5月27日，中国文学艺术界联合会第三届全国委员会第三次扩大会议隆重举行，340多名最具代表性的文艺家们应邀参加。由于"四人帮"的残酷迫害，夏衍等拄着拐杖，不少人步履蹒跚被人搀扶着，劫后余生，旧雨相执，热泪盈眶。

茅盾在《开幕词》的开始就宣布：根据中央的指示，"我在这里庄严地宣布：中国文学艺术界联合会、中国作家协会和《文艺报》，即日起正式恢复工作"。掌声雷动。

郭沫若的书面讲话《衷心的祝愿》，一经于蓝朗诵，凄婉而激奋，动人心弦，随朗诵音调而起的，是全场一片唏嘘之声。

"四人帮"倒行逆施的阴谋文艺，激起代表们满腔的仇恨。

十五年了，流血的中国文学艺术起死回生。

第三届中国文联全委会第三次扩大会议，是死的再生、血的警示，是中国文艺史上意义重大的集结和重整，是艺术精魂的复活。

大会决议：中国文艺史进入冰河解冻的"新时期"，决定《文艺报》复刊。

第七次文代大会巧遇陈冰夷

中国文学艺术界联合会第七次全国代表大会、中国作家协会第六次全国代表大会，2001年12月18日至22日在北京举行。

会前安排代表们同党和国家领导人合影留念——一次2400多人的大亮相。

代表们早早由服务员叫醒，提前两个小时依次乘车，鱼贯通过安检进入人民大会堂。这时，更早起床的工作人员已经按人数将场地布置停当，我们普通代表按照各人手中密密麻麻的"排位示意图"寻找自己的站位，脚步凌乱却秩序井然，严肃而热烈的场面可谓壮观。无意中看见陈冰夷，没错，就是他！

老人老老实实慢慢腾腾不敢掉队，东张西望寻寻觅觅，我赶忙挤过去，好容易替他找到站位，再看看我的号，恰好和他是紧邻，这太巧了，太好了！我搀扶着这位84岁高龄、声望卓著的翻译家，一步步扶上高梯的最高层，贴身站稳，靠拢再靠拢，那份亲热劲啊，好在他和我都不需要减肥！

老人见我，兴奋，健谈。我夸赞他身子骨硬朗，思维清晰，记忆力强，询问他日常的起居状况。陈老说，五十年来，爱是不能忘记的，恨也是不能忘记的，这种感觉常常萦绕于怀，总想把一桩桩一件件全都写出来。"我经历的事能拉几火车，从中苏关系、外交风云、文艺反修、文学翻译、译文编辑……我要把它写出来，可是遇到强大的阻力。"

"现在了，有什么阻力？"

他微微一笑，缩了缩脖子，悄声耳语道："老伴反对呀！哈哈哈……"

人群拥挤，人声喧哗，我和陈老说不完的话。又一番拥挤，大家好亲热又多累啊！站台上几番波动，陈老安然无恙，因为他受到左右两侧照顾性的夹击，幸免于坠落之忧。我扶他在站台上坐下来。

到了2006年第八次文代会开幕的时候，免去两千之众夹挤合影这一传统的程序，因为上次文代会体力繁重的合影太累人了。陈老知否，您在天之灵？

唐山地震现场归来，紧急组稿批判蒋子龙

1976年7月28日唐山地震，《人民文学》编辑部派我去现场采访。唐山满目疮痍，到处是尸体。没有亲人没有家，解放军个个是亲人，组成唐山大家族。

唐山归来，编辑部告急，要我紧急组稿，"反击右倾翻案风的小说"蒋子龙的《机电局长的一天》。蒋子龙硬骨头，拒不检讨。

我回西安找陈忠实约稿，他埋下头半晌说不出话来，好容易挤出一句话："咱编不出来么！"

王林给主席送书、送火腿的故事

1976年9月14日，堂弟阎庆生陪我走进西安市委第一书记王林的办公室。

我说，我们慕名而来，想证明鲁迅送书、送火腿的史实。接着，我和庆生提供了有关此事的各种说法。

王林非常认真地听着，说，我是当事人，是我亲手送到毛主席手里的，这一点千真万确。

王林说，1936年6月间，我由当时在天津的中央北方局调到陕北苏区。第一次见到毛主席是在距瓦窑堡数十里的清水湾。周总理领我到主席住的一个老乡家的窑洞。主席向我询问了华北的很多情况和日本侵略者在华北的活动情况，也询问了国民党在华北的势力和我党地下组织的流动情况。毛主席让我次日向中央同志作一次汇报，说大家迫切地想知道白区的情况。

听取这次汇报会的除毛主席、周总理、张浩等同志外，中央军委的一些同志也参加了，炕上炕下坐满了人。

毛主席在听取汇报的过程中有不少插话和重要的指示。

当时，我带了几张白区的报纸给毛主席看。主席说，想看书，这里没有书看。主席问我："能不能想办法买些书来？无论如何要设法买些书来！"

我问主席要买什么书，是革命书籍吗？

毛主席说："啥书都要，革命的书要，旧书也要，《红楼梦》《今古奇观》《三国演义》《老残游记》……都要、都要。"

不久，我接受中央的另一个任务，去北平，路过西安，遇到了上海的交通员徐汉光。徐说他通过上海文联等关系同鲁迅先生取得了联系。我提出买书的事，他说他回到上海想办法。我和他约定，买到书以后，把书寄到西安。我当时住在东北军骑兵军副军长黄显声将军的公馆，委托看门人代我收存。除此而外，我在北平通过西单商场等书铺的关系，买了一大批书籍，其中有《国家与革命》《共产主义运动中"左"派幼稚病》等马列主义经典著作，还有《政治经济学》《社会学大纲》一类的书籍，又在天津和西安搜罗了一批旧小说。徐汉光在上海通过鲁迅的关系买的书（其中有很多古书），以及鲁迅先生送给毛主席的火腿、肉松和巧克力等，一并装在一个大网篮里。大约在八月间由徐汉光或托人径送黄公馆。

后来，我在延安碰到徐汉光，他告诉我说，那些书都是按照鲁迅先生开列的书目选购的，把上海、北平、天津、西安四个地方买的书全部集在一起，总共装了六个麻袋，七八百斤！然后由我通过东北军的关系乘军用大卡车，从西安途经洛川运往延安（当时延安仍由东北军占领）。第二天，苏区派的人到，赶来三头骡子驮书。晚上，我们由延安出发，到安塞，再到保安，走了两天多，直接送到毛主席住的石窑洞，还带了一套"一二·九"和"一二·一六"学生运动的照片，是斯诺夫人亲手交给我的，让我转交毛主席。

毛主席一见书送来了，高兴得不得了，叫陆定一马上开书单，决定哪些他留下，哪些书让大家看，以后大家好彼此交换。毛主席郑重地告诉在场的同志，有书大家读，一点不能自私啊！

主席挑选书时，拿起这本翻翻，拿起那本看看，连声说道："太好了！太好了！这是同志们冒着生命危险搞到手的啊！"

鲁迅送的书里，有好几本是他自己的作品，其中有《呐喊》《彷徨》等，有邹韬奋著的一本书，有《世界新闻》，一套《大众生活》，二三十本《世界知识》，还有《论语》，几大本木刻集可以折叠起来，还有不少《隋唐演义》之类的书。鲁迅先生送来的书籍和食物，包括火腿、肉松、巧克力糖等，单独放在一起，占了整个一麻袋。毛主席看见鲁迅送的食物，沉思了一阵，然后大笑，风趣地说："可以大嚼一顿了！"

关于这次买书，王林还说：

据我所知，解放后毛主席曾经三次提到过。第一次是《论十大关系》发表之前。当时我在北京工作，任燃料工业部副部长，有次去毛主席家里汇报工作，他提到买书的事，说："书现在还有呀，实在感谢！"第二次，我离开北京前（1958年），陈郁同志告诉我说，你送书的事，主席还谈起过。第三次，1965年10月，中央工作会议期间，毛主席在各大区书记都在场的小会上，又提到这件事，说："最困难时，王林同志给我带来了好多书。"

《茶馆》横空出世，见五十年风云变幻

1956年，《茶馆》横空出世。

《茶馆》彩排，聚讼纷纭，褒贬不一，也有主张禁演的，理由是《茶馆》为封建社会唱挽歌，遗老遗少满台飞，没有什么进步意义。

我们《文艺报》的同人可喜欢《茶馆》了，张光年说："《茶馆》，好剧本啊！"我说，单看《茶馆》语言文风，就很绝，声声入耳，全身舒坦，什么"大英帝国的香烟，日本的白面，两大强国伺候我一个人，福气不小吧！""看多么邪门，好容易有了花生米可全嚼不动！""我爱咱们的国呀，可是谁爱我呢？"李健吾说："老舍真厉害，用最简练的语言，最简练的动作！"陈白尘说："全剧三万字，写了五十年，七十多个人物，精练的程度真是惊人！"

是啊，写了清末到北洋军阀时期再到抗战胜利以后的近五十年的风云变幻，大手笔啊！

老舍耐心地听着，冲着我微笑。

七十多个人物，寥寥几笔，神情毕现，无一重复，神来之笔，纯正的成色，真真儿了不起！

什么秘诀？

老舍说："我给他们批过八字，算过命！还向传统戏曲学习'亮相'。"又微笑着说："这些人物经常下饭馆，我要把他们集合到茶馆里，用他们的生活变迁反映时代的变迁，不就侧面透露出一些政治消息吗？"

尽管茶馆"莫谈国是"。

结尾，三个老人对话沧桑，最后漫天撒放纸钱，成为中国话剧史上的经典画面。

《茶馆》在国外多次演出，历久不衰。

市井之地，人生百态。

王掌柜的茶馆，所有人的时代。

"把纸钱撒起来，照老年间出殡的规矩，喊喊！"

纸钱满天飞，"大清国要完！"

李泽厚：美学家言

美学家李泽厚说："八十年代很有生气，很有成就。"

李泽厚呼吁作家按照自己的直感、"天性"、感情去写作，不必读文学理论，应该读历史、哲学等等，保持文学的新鲜度。

他提醒说：谨防"人性危机"。

出版社既"利"字当头，也"艺"字当头。要出书，就找个正正经经的出版社。

关于《铁木前传》的艺术，同孙犁、韩映山的通信

　　1979年9月到1980年1月，我和孙犁、韩映山通信四次，透过《铁木前传》谈论中篇小说的艺术特点，以便于恢复直面现实的现实主义。这是三人间有关文学本体论的一次难得的谈心，发表之后广为传播。

　　通信中提出的文艺创作要回归现实主义，要"远离'政治'"两大问题，特别是写作要"远离'政治'"，招来意料中的责难，所以，我在回复韩映山的关于如何欣赏《铁木前传》的信中，特意就这一问题作了必要的论述。

　　韩映山回信说：孙犁同志来信让我看看《鸭绿江》1979年12期上您给他的信，我找来读了。你所说的"我进入一个生活境界、艺术境界、作者和读者完全平等的境界，远离'政治'却不知不觉透出爱憎的境界。……当一部文学作品，它的作者的政治与艺术高度融合之后，人们看到的既不是政治，也不是艺术，而是生活，生活的

美"，读后，我非常兴奋，非常同意。"素常，当我问及孙犁同志，为什么当前有些作品，只能轰动一时，过后不久就烟消火灭了？他笑了笑说：'我多年的经验就是，写东西离"政治"要远点。'"

破天荒，惊人之论！

真正意义上的文学家，很难同他们的政治倾向截然分开。文艺家不能脱离政治，但文艺的真善美、精气神，是政治所不能替代的。

《铁木前传》的语言和风格是迷人的，它像蜜，香，甜，黏人，像春风拂面，富有生气，受之通体舒畅。然而，《铁木前传》的成就主要不表现在语言风格上，而在处理文艺与政治、生活的关系上。孙犁告诫人们：艺术不是政治，太直、太露、太硬、太凶都不好，要学会写侧面，写个别，写偶然，写意象，不然，于艺术之道根本没有入门。

然而，孙犁还是被误解了，两年之后1981年，他又亲口对韩映山说："我说过，艺术作品，写时离'政治'远点。你说是一句名言。现在，有人歪曲这句话了，说孙犁写东西脱离政治。我从来没有说过文艺脱离政治。我是说，不要图解政治，投政治之机。"

孙犁一语中的，像神奇的银针，刺准以"革命"图解"现实"的命穴，于今仍不失为逆耳忠言。

复刊《文艺报》

《文艺报》于1978年7月复刊，抖擞精神，敢为人先，破除"工具"论，为天安门诗抄解禁，为作家作品平反，为《班主任》等"伤痕文学"开路，没有辜负两个月前文联全委会的殷切嘱托。

编辑部人员不多但工作效率极高。大家挤在一个大房间里，热气腾腾，像个大磁场，乘兴而来，尽兴而返，不知疲倦地议论，不遗余力地编写，言必"思想解放"，语多"文坛动向"，激昂慷慨。

《文艺报》气壮山河，既是敢于弄潮的参谋部，又是对外开放的文艺沙龙，不少中青年批评家来这儿做客神聊，聊着聊着一篇文章的题目就有了。我们为革命现实主义呐喊请缨，迎接"伤痕文学"的潮头。"来了，来了！"我们专访"右派文学"作家，惊呼短篇小说的新气象、新突破和中篇小说的新崛起，甚至理直气壮地为冤重如山的作家和作品平反，其势如地火在奔突、狂飙之卷席，葳蕤春意遍于华林。

我们举办了好几期"读书班"，联系和扶持一批文学评论新作者如黄毓璜、童庆炳、刘思谦、吴宗蕙、萧云儒、谢望新、李星等，把那些"文革"前写评论现在考虑要不要继续写（是不是"今后洗手不干"）的中年评论家如单复、王愚、潘旭澜、宋遂良等邀请来京参加"读书班"，授命撰写重头文章，这批中青年评论力量在新时期为创作披荆斩棘，蔚为大观。我和谢望新不约而同地把"读书班"誉曰"《文艺报》的黄埔军校"。

满目疮痍的《文艺报》站起身来了，一面是张扬文艺复兴，重整归部，打开因袭的闸门扩充新军；一面是思想的解放，忘我的工作。在东四南大街礼士胡同52号里一座小院里，聚集着满怀激情的编辑和记者，文艺报编辑部犹如一台灵敏度极高的收发报机，《文艺报》又成为文坛的晴雨表。

编辑部诸同人荣辱与共，一个也不能少，个个都是上足了发条的陀螺。

礼士胡同旧名驴市胡同，52号原是清代武昌知府的豪宅，电视剧《大宅门》的外景就是在这里拍摄的。豪宅里的一座小院是复刊后的《文艺报》编辑部的工作场所。古色古香的小院，风云变幻的象征。

小草在歌唱

1979年6月，雷抒雁的《小草在歌唱》急就于8日的曙光中，小草"打开"冰封的心窗，问天理，问良心："法律呵，怎么变得这样苍白，苍白得像废纸一方；正义呵，怎么变得这样软弱，软弱得无处伸张！"

雷抒雁在《空气》里欢呼："快把窗户打开，快把窗户打开！让新鲜的空气进来！"呼吁开放和引进。

9日，我前往解放军文艺社宿舍，向雷抒雁表示祝贺，称道一名共产党员难得的忏悔和发问。抒雁立正挺胸，向我致军礼。

"小草"在诗歌朗诵会上"歌唱"，掌声如潮，瞿弦和连续谢幕六次，破了纪录，成为新诗历史上辉煌的一瞬！媒体破例报道了空前的盛况，《光明日报》破例用了几乎一个整版的篇幅全文发表。

"这是为什么？"诗人的义愤指向当下也指向自我，电击一样地震人！

掌声如潮，诗人声名鹊起。

王蒙的"怪小说"风靡一时

刚刚进入（20世纪）80年代，王蒙的六个短篇以"中国意识流"的怪诞又一次引爆文坛，小说有了新写法！

《夜的眼》吓了人一跳："奇怪，小说难道可以这样写？"小说为什么不可以这样写！写法上的确有点"怪"，越出了常规，但是，读者能接受它。

文艺之于读者，无非两条：一、津津有味；二、开卷有益。作家能做到这两条，怎么"怪"都可以。唯其"怪"，转而新。艺术创新，贵在翻新，务去陈言，你越"怪"，越新，我越爱看。

唐代张祜诗言：故国三千里，深宫二十年。王蒙复出，说他的创作是"故国八千里，风云三十年"。

王蒙是地下党，共青团区委书记，不满二十岁写了《青春万岁》，他曾经告诉我："小说是我的情人。"

百花齐放的时代，人们要看"百花"。从这个意义上着眼，我对于王蒙试验的成功，抱有预期的热情。

就从《夜的眼》说起吧。作者在尽可能短的篇幅、尽可能短的时间里，把各种复杂的生活现象（包括光线、音响、色泽、情景等）熔于一炉，酣畅淋漓，使人眼界开阔，想象力纵横驰骋。从边疆到首都，从首都到边疆，从民主到羊腿，从上海牌轿车到某负责人的公馆，从战友的挚情和信赖到阔少爷的傲慢与偏见，从边陲黑夜的犬吠到京畿宫门彩灯下的梦幻曲，从耀眼的街灯到人迹罕处的"夜的眼"，从通衢大道到坑坑洼洼，从城乡关系到关系学、两代人……眼花缭乱，通感惑人。

这是一双被都会夜市华灯刺懵了的眼睛，是一双紧紧盯住羊腿和民主的眼睛，可是，临到末了，民主和羊腿还是没有统一起来。灯光的闪烁，夜景的明暗，都市与边陲强烈的差别，浮想联翩、纵横交错的新手法，得心应手，好似天神暗助一般。

接下来一发而不可止，接踵而至的是一幕幕出神入化的"人间喜剧"。从《夜的眼》而《布礼》《风筝飘带》《春之声》《海的梦》，直到《蝴蝶》，凡六篇，短篇中篇尽有，五光十色俱全，人们这才明白：王蒙在小说写法上的变革，原来是有计划、有步骤、有目的的呀！

一篇两篇，人们也许不大注意；三篇四篇，五篇六篇，短篇中篇齐上，文坛终于被震惊了。

时代正在发展变化，小说从内容到形式或迟或早也要发生变化。不论变好变坏，成功失败，反正得变，不变是不可能的。潮流滚滚向前，王蒙站在潮头，是弄潮儿！

作为读者，我很欣赏王蒙的创造精神。三十年来，王蒙像风筝飘带一样飘忽不定，被拨弄在革命与反革命、香花与毒草之间，奔走于京华、边塞一线，时间和空间的笔，宛如一部"意识流"小说不时地流动，在太不公正的岁月里，迫使一个善于用脑的作家不得不设法解放人身和人脑。王蒙的"花样翻新"，难道不是表现为思想解放的勇气吗？

在这六篇近作中，最先引起我注意的是中篇小说《布礼》。这部作品内容深刻，艺术新颖，明显地摆脱了一些旧形式的束缚，我在一篇介绍中篇创作的文章中表达了自己的这种欣喜之情，并将其及时推荐给读者。但是，我较多地着眼于作者在章节结构方面大幅度的跳跃，顺逆的交叉，时序的频繁颠倒与组合，但作者已经对感觉、幻觉、通感、想象等的描摹表现出特别的兴趣，那就是当时中国独特的"意识流"呀！

是不是如有人所说：西方的"意识流"要在中国交桃花运了？不，为我所用，但非照搬照抄、全盘西化，正像马克思将黑格尔学说剖析为内核、外壳后终究把它扬弃那样。

是不是如有人所说："欧风美雨"又要冲进中国来？不，也不能这么笼统地说。为了画出现代中国的眼睛，用什么技法和颜料都可以，吃黄油面包，绝不会生出个洋人来。君不闻，中国的方块字（象形字，形声字），曾给苏联早期电影艺术大师的蒙太奇等手法的突破以直接的启示！

王蒙《夜的眼》等一组试验短篇的出现，掀起了小说创作的新浪潮，带动了文学领域"拟现代派"的兴起，文坛被搅动，多元竞赛、多元互补的局面开始形成，条条框框进一步被打破，中国当代文学进入一个新的时段。真正的百花齐放，创立自己的流派、发展各种流派的时候到了！

"宁夏出了个张贤亮"

我的《"高尚的圣者和殉道者"——读〈犯人李铜钟的故事〉》《〈灵与肉〉和张贤亮》《论陈奂生——什么是陈奂生性格？》和《为电影〈人到中年〉辩——对〈一部有严重缺陷的影片〉的反批评》四篇文章较为流行。《"高尚的圣者和殉道者"——读〈犯人李铜钟的故事〉》收入人民文学出版社编选和出版的《百年典藏·中华文学评论百年精华》；《〈灵与肉〉和张贤亮》收入雷达、李建军主编，长江文艺出版社出版的《百年经典文学评论：1901—2000》。

1980年写作《〈灵与肉〉和张贤亮》，开篇第一声便惊喜地喊叫："宁夏出了个张贤亮！"

"横涂竖抹千千幅，墨点无多泪点多。"但张贤亮不是八大山人，他没有涂抹到变形的程度，没有愤世嫉俗到冷漠的程度。他也暴露也控诉也写伤痕，但不同于一般的"伤痕文学"。他的思想更深沉，技法更圆熟，描摹更真切。

张贤亮选择几个不多的场景强化人物的心理活动，让想象展开翅膀，让情绪和情节在引人入胜的对比中依次展现。当父亲在豪华的饭店劝他"向前看，还是准备出国吧"时，他想起三十年前父亲抛弃他的伤心事；当女秘书打开大大小小的旅行皮箱时，他看到尼龙袋里秀芝给父亲带的沙枣和茶叶蛋；当在舞厅失魂似的痉挛时，他想起收获和苜蓿的香味。现在父亲回来了，除了勾起他被抛弃而与牲口为伍的痛楚外，剩下的却是全然的陌生。当他的右派改正、兴冲冲地高喊"今后我们就和别人一样了"时，却被秀芝嘲笑："啥子一样不一样，在我眼里你还是个你咿！"——神来之笔，和几十年的命运开了个大玩笑！当一系列含蓄而风趣的对比足以使主人公领会到人生的意义时，当人的尊严、人的骄傲、人的理性一概被具象化了的时候，许灵均的"灵与肉"分裂了，艺术的力量如此地难以抗拒！

当人们喋喋不休地权衡张贤亮的作品暴露多了还是歌颂少了、"火光"少了还是"伤痕"多了的时候，张贤亮伤心悟道，认清了自己的责任和价值。当历史遇见荒诞、人间遭逢大难的时候，自然而然，罗曼蒂克少了，泥土味浓了，真切与翔实多了。要是说"灵与肉"最终不能分裂的话，那么，人民和土地永不分离。这就是作者在黑暗中举起的火把。

张贤亮1981年10月28日致刘茵信称：

> 我最近在农村住了几天，感受颇深。这真
> 是中国农民第二次大翻身。写了一个短篇给《朔
> 方》了。不管对创作有什么限制，还是有东西可
> 写的。这样也好，使自己题材和手法都可多样一
> 些，锻炼了自己的写作能力。送上拙著《灵与
> 肉》请转交阎兄。本来，我要求将他评我的文章
> 作前言，但被百花出版社抽去，理由是：一，前
> 言交出时已经排版；二，文章里所评的小说有的
> 未入选。并以公函形式来了一封信抱歉。我想了
> 想，也不好与他争，但终以为憾，请将此向阎兄
> 转告。

2014年9月27日，张贤亮逝世，悼念者众，许子东说，
关于政治运动中的知识分子，苏联写得最好的是索尔仁尼
琴，中国可以说是张贤亮，虽然他没有那么深刻。高建群
评价说，要问我对诺奖的看法，这个奖要是颁给中国作家
的话，第一个也许是张贤亮。在众多激赞张氏贡献的文章
中，出现这样几句话："'宁夏出了个张贤亮'，这是20
世纪80年代初人们津津乐道的一个文化现象。"

"宁夏出了个张贤亮！"并非文章标题，而是《〈灵与肉〉和张贤亮》开头放出的一句雷人的话，兜底的一句是："我坚信，西北高原的花终究是耐寒的、热烈的。"

四年后的1984年6月，我趁"民族作家银川笔会"之便看望张贤亮，张氏夫妇设宴给我接风，敬酒时打头的一句话就是："阎纲啊，我算是没有辜负你喊我出世的那句话！"玛拉沁夫在座，大家痛饮，一醉方休。

张贤亮走了，走得从容。心头浮出他留赠给"张门立雪人"的一首绝句：迎风冒雪不趋时，傲骨何须伯乐知。野马平生难负重，老来犹向莽原驰。

汪曾祺的《受戒》轻盈地步入文坛，掀起一阵狂潮

汪曾祺被错划为"右派"，又关"牛棚"，回到北京后，在上世纪80年代初始的日子里，又回到江苏高邮家乡转游，作《受戒》，讲述小和尚明子和小英子的爱情故事，一经发表，好评如潮。

小明子从小就确定当和尚，他的家乡出和尚。遇见小英子。小英子把他领到家里玩。晚上，他们一起看场并肩坐着听青蛙打鼓，听寒蛇唱歌，看萤火虫飞来飞去，看天上的流星，心里想着好事。

秋天过去了，荸荠叶子枯了，用手一捋，哗哗地响，小英子赤了脚，在凉浸浸滑溜溜的泥里踩着。她老是故意用自己的光脚去踩明子的脚。

这把小和尚的心搞乱了。

明子告诉她，善因寺一个老和尚告诉他，寺

里有意选他当沙弥尾，不过还没有定，要等主事的和尚商议。

"什么叫'沙弥尾'？"

"放一堂戒，要选出一个沙弥头，一个沙弥尾。沙弥头要老成，要会念很多经。沙弥尾要年轻，聪明，相貌好。"

"当了沙弥尾跟别的和尚有什么不同？"

"沙弥头，沙弥尾，将来都能当方丈。现在的方丈退居了，就当。石桥原来就是沙弥尾。"

…………

划了一气，小英子说："你不要当方丈！"

"好，不当。"

又划了一气，看见那一片芦花荡子。

小英子忽然把桨放下，走到船尾，趴在明子的耳朵旁边，小声地说：

"我给你当老婆，你要不要？"

明子眼睛鼓得大大的。

"你说话呀！"

明子说："嗯。"

"什么叫'嗯呀！'要不要，要不要？"

明子大声地说："要！"

…………

英子跳到中舱，两只桨飞快地划起来，划进了芦花荡。

芦花才吐新穗。紫灰色的芦穗，发着银光，软软的，滑溜溜的，像一串丝线。有的地方结了蒲棒，通红的，像一支一支小蜡烛。青浮萍，紫浮萍。长脚蚊子，水蜘蛛。野菱角开着四瓣的小白花。惊起一只青桩（一种水鸟），擦着芦穗，扑鲁鲁鲁飞远了。

《受戒》笔调随意，恬淡自然，古朴优美，颇具古典主义的审美情趣和浪漫主义的人性之美。在看惯有亲情、无爱情的样板戏之后，刚刚进入80年代，《受戒》灵光一闪，文坛炸锅了！

"八亿农民啊！"同陕西作家谈心

1981年10月，我受《文艺报》之命回西安，同陕西作家促膝谈心，话题是农村题材创作的迫切性。农村正在发生巨大的变化，"诗文随世运，无日不趋新"。农村题材的创作不能无动于衷。

近年来文学题材取得新突破的同时，农村题材反被忽略了。不能忘记农民，尤其不能忘记改革开放时期的农民问题，应该像柳青那样既关心国家命运，又爱农民，沉在农村，写出厚重的作品。胡采说得好："提倡少了，不熟悉了，八亿人，这个数字不小啊！"

我国文学有两个传统：写战争和写农村。因为中国革命是农村包围城市。陈忠实一贯重视农民题材，他认为，八亿农民支撑着我们国家，农村实行新政策后，农民有信心了，感情复杂了，相互之间的关系淡薄了，对集体不大关心了。作品要是只写今天的承包责任制，写明天有钱花，把农村干部个个写成南霸天，那太浮浅了。我坚信深入生活是可靠的，我固执地在纷乱的现实中拨弄自己要寻找的东西。生活不仅可以丰富我们的生活素材，也可以纠正我们的偏见，这一点，我从不动摇，深入生活，点面结合，写起来才有根底，不会走大样。我同意胡采说的，不要演绎政策，如果政策真正是有生命力的，受群众欢迎的，就会变成生活的一部分。

邹志安认为农村的现状，用两个字可以概括：艰苦！农民就是在这样艰苦的环境中劳作着、希望着，有欢笑也有忧虑。我试图写出他们艰苦中的追求，记录目前农村这场历史变革。我说，变革给农民以希望，我注意到你又用另外两个字概括农村：喜悦！你新作的题目就叫《喜悦》，陈忠实说《喜悦》他是流着泪读完的。邹志安说，所以我要用不同的笔墨来写。通过《喜悦》我想写出农村有转机，但不是一个晚上就转好了，农民仍然艰辛，我想把积极和真切统一起来。

同路遥交谈时，他一直闷着头吸烟，深思熟虑以后才开口，似有新的发现。他说，农村和城镇的"交叉地带"色彩斑斓，矛盾冲突很有特色，很有意义，很值得写。我写了，写得很少，苦恼却多。我体会，光熟悉农村和农村人已经不够了，还应该熟悉城镇和各行各业，现代城市对农村的冲击和渗透很大、很深。新一代农民大部分具有初高中文化水平，比父辈更带有城市意识，有比较高的追求，同不识字的农民产生许多新的矛盾，纵横交错，像多棱角的立锥体，有耀眼的亮光面，也有暗影，更多的是一种复杂的相互折射，苦闷和烦恼都带有时代的特点，所以，作家一定要把农村放在一个更广阔的社会背景和长远的历史视野之内进行思考。胡采同志说过，"作家可以写破碎的心灵，但作家自己的心灵不能破碎"。我要让自己的作品主线积极、有亮色，绝不回避背景的复杂性；即使写先进人物，也把他放在复杂的冲突中去表现。

王吉呈说，时势造英雄，激烈的斗争造就了无所畏惧的气概、智慧和才干，我热爱他们，他们是我作品中的新人。我深感最难的不是对他们音容笑貌的描绘，而是对他们行为心理和精神品格的理解。遗憾的是我们对他们不理解甚至误解。

王蓬说，有一种偏见，好像农民头脑简单，不懂感情，我在农村二十多年，觉得农民的感情实在太丰富、太细致了！我们上山采青，小伙子接媳妇，一见，骂了起来："瓜熊，你没说把山背回来么！"媳妇娇嗔着："去了就想多弄点啊！"眉眼传神，惟妙惟肖。农民、村庄、田野、禾苗、露珠、晨雾……哪儿没有诗情画意！

胡采说，看人家《静静的顿河》的画面多么广阔！最丰满的人物在农村啊！《创业史》里的生活丰富多彩。柳青把家搬到农村，让他进城开会，几乎用绳子捆上才来，戏不能听，电影不能看，澡不能洗，什么现代化的享受也没有，爱人孩子不适应，他压力很大，说："我当初选了文学这条路，现在再怎样也不能离开了！"不下大的决心，不舍弃一些东西，不掏大本钱，能写出好东西吗？

贺抒玉说，柳青的生活和农民差不了多少，他儿子上学，和农民一样，抓一块红苕就走了。《延河》最近的来稿，赶形势的多。去年，我回了趟离别三十多年的陕北老家，看到治山、治水、治沙的成绩，面貌真的在变，同时看到为革命作出巨大贡献的陕北老乡至今生活艰难困苦，我作为陕北人民养育的干部愧疚不安，心情沉重，回来写了《琴姐》，真情流露，这是坐办公室写不出来的。编辑要下去，评论家要下去，领导同志也应该下去。

自称"不会说话"的贾平凹在我的鼓动下开口说话了，他说，我认为写农村要实事求是。我的阅历浅，没有发现多少变革英雄，所以写农村底层普通人的灵魂。他们愚昧落后，又善良淳朴，清清苦苦、勤勤恳恳、默默无闻一辈子，死去时，村里人常记起他们的好处，不写，对不起他们。但我不想把他们写得太单一，而是好中写坏，坏中写好，把优点、弱点集于一身，拨开肮脏污秽，露出亮色光彩，写真正的活着的人。有人问我，说前段人家写伤痕，你写光明，现在人家写光明了，你却写这些，调子是不是低了？我不愿意一窝蜂地赶浪头。

我说，平凹有追求，近年的作品，题材风格的变化很有意思，你是在有意识地发现性格、剖析灵魂。有人对你写的《好了歌》有不同的看法，你知道吗？（平凹说，我还不知道，那是个真实的故事。）女主人公不相信世上有好人，男主人公相信人总是会变好，最后，各自获得新观念，好了，好了，好就是了，殊途同归。立意大胆，看不出有什么问题，我向他们作了解释。

王汶石提醒作家注意四点：

一，正确看待建国几十年的农村生活。虽然有"左"的干扰，但总的说来，生产、生活得到很大的改善，农业在减少了相当两个省的耕地面积的情况下，还养活了多于解放初期一倍的10亿人口，把农村描得一团漆黑，说什么"苦难的历程"是很不对的。二，全面看待农村基层干部，大多数还是好的和比较好的，切不可不分青红皂白，一律当成反面角色，这会造成严重的后果。三，正确对待社员群众。农民身上仍留有两重性，但要发现具有社会主义觉悟的新人。四，避免公式化、概念化，一定要从生活出发，从写人出发，从塑造时代特征的文学典型出发。找不到新的角度宁可不写，照别人的碑刻拓出自己的作品，有什么意思呢？

我最后说，在社会大变革极其复杂的现实面前，作家剪不断，理还乱，费思量。改革是进行时，只有站在历史的制高点，通过创作实践检验自己独立的思想，才不囿于一隅，才能造就大作家。我们《文艺报》寄希望于陕西以及全国各地有志于此的新老作家们！

路遥《人生》的新发现

1982年，敏锐的路遥发现了高加林，还发现了巧珍，中篇小说《人生》出世。《人生》引用作家柳青的一段话：“人生的道路虽然漫长，但紧要处常常只有几步，特别是当人年轻的时候。你走错一步，可以影响人生的一个时期，也可以影响一生。”

我即刻赍书祝贺，写道：“没有想到年轻的路遥对复杂的人生观察得如此深刻！你把农村新青年投入相当苦难的人生去磨炼，你发现巧珍如此可爱的新女性，她从失恋中痛感文化知识对于普通农妇的重要，反以已嫁之身暗中扶助高加林却毫无图报的动机。你让农村新青年在城乡交叉地带反复锤炼，苦苦地探求人生的道路。你是文坛的进取者。”

路遥回信说：

我为这部小东西苦闷了三年。面对大量复

杂、多重交错的关系一筹莫展，灰心和失望贯穿始终，苦不堪言！

我国当代社会如同北京新建的立交桥，层层叠叠，复杂万端。这是一个城乡"交叉地带"，"交叉地带"这个词好像是我的发明，是去年你来西安大家一起谈论农村题材时我提出来的。农村和城市的"交叉地带"，可以说是立交桥上的立交桥，许多人的悲剧正是在这一地带演出，意义重大啊！我是个农民血统的儿子，经常往返其间，熟悉身上既带'农村味'又带'城市味'，因此，选择《人生》这样的题材对我是十分自然的。

《人生》改编电影后，声名大振。

五六年之后，路遥尚未全部完成的《平凡的世界》（仅仅是第一部）在中央人民广播电台《小说连播》栏目播出。这部百万字的长篇巨著的题记是："谨以此书，献给我生活的土地和岁月。"小说全景式地表现了中国城乡居民思想情感的巨变。一个磨穿铁砚、人不堪其苦的陕北汉子，以全票夺冠，赫然列在"茅盾文学奖（1985—1988）"的首位。

严文井说"来了！来了！""到达终点前多懂点真相"

严文井走了，享年九十。老人一生诚善待人，鲜活为文，充满幽默感。惜乎默然离去。

严文井过得艰难，活得潇洒，洒脱得像"卧龙岗散淡的人"。其实，他笔下憧憬美好，怜惜无辜，有时锐气逼人。

严文井起步于散文，止步于散文。他的散文淡雅多智，个性独出。他的童话创作尤为显赫。他用智慧老人的心境传播爱心，用诗情画意的境界铸造题材，使童话成为"没有诗的形式的诗篇"和"无画的画帖"。《小溪流的歌》多美啊！山谷里一条小溪在阳光和月光下唱着，玩着，跳着，越过巨石流向前方；慢慢地"长"成一条小河，翻起沉沙，卷起树枝，推送木排，托起木船，向前奔流；后来，变成大江，掀起波涛，举起轮船，流进无边无际的蓝色海洋。一幅幅美丽的画面，一步步进取和奉献，把孩子们愉快地引入雅趣和诗美，使中国的新童话从形式到内容鲜亮登台。

1969年严冬，中国作家协会在湖北咸宁向阳湖五七干校。

江青下令说："作家协会是'五一六分子'大本营，能没有五一六分子吗？"

我说我不是"五一六分子"，专案组说我负隅顽抗。

"瓮中捉鳖，你跑不了啦！"军宣队警告说："我们已经掌握你们的名单，敢不承认？不承认就是反军！"

反军的罪名吓死人，只好招认："军宣队进驻之前，我坚信不疑我不是'五一六'；军宣队进驻以后，我坚信不疑我就是'五一六'。"话音未落，就招来革命群众的一阵讪笑和最革命的群众的一顿毒打，说我继续反军。

日子更难过了，"遭遇战"弄得我坐卧不宁。工间休息，正想在田头伸伸腰、吸口烟，倏地，"阎纲站出来！"众人围上，突袭一番。刚刚端上饭碗，刚刚要脱鞋上床，倏地又围拢上来，七嘴八舌，要你老实交代。我总是那两句自相矛盾的回答，军宣队进驻以前如何如何，军宣队进驻以后怎样怎样，天天如此，像耍猴似的，日子一长，专案组兴味大减，斗志渐渐疲软。

"办学习班是个好办法。"白天干活，晚上"办班"。我是中国作协众多"现形"里唯一一个放在群众中的"分子"。路远，苔滑，挑重担，炼红心。吃完晚饭，提一暖瓶开水，回到仓库宿舍，脱下雨衣，刚一落座，不及喘气，就被带到学习班，又把雨衣披到身上。湖北多雨。

天天审到黑夜，夜夜饿得难受。审罢归来，还是不准打盹，我的脸浮肿得厉害。

一天深夜，我被押回大仓库，推开门，一片漆黑，行至拐弯处，一只胳膊挡住去路，一块桃酥递在我的手中。我的泪水一下涌了出来。老严啊，我尊敬的领导严文井，这是您的手臂！这么晚了您……

坐在床头发呆，饥肠辘辘但吃不下去，腹诵七言八句，和血和泪，监视甚严，未留底稿，然刻骨铭心，终生不忘。

又一天深夜，老严塞给我一个纸包，原是一块肉骨头。我狼吞虎咽啃个干净。第二天，他告我说："周增勋他们弄到一条死狗，剥皮煮肉，让我烧火，烧火有功，分得一根小腿。我没舍得吃光，留给你啃啃。香得很吧？可不能说出去！"

惺惺惜惺惺，走资派惜"五一六"。

后来，读到吴德《关于抓"五一六"的起源与终结》的报告，真相终于浮出水面："我们开了若干次小会，都没有发现什么登记表和组织情况等线索。"

终于叫停江青的这场闹剧，留下累累伤痕。

我们干校的作家协会五连，战果辉煌，荣获干校"深挖五一六"先进单位。但毕竟是一大冤案，结案擦屁股的事，最后落在新任连指导员严文井的头上。

严文井被迫收拾残局。他以各种方式安慰受伤的灵魂。

几经催问，给我的结论终于下来了，他亲口念给我听："没有发现阎纲同志的五一六问题。"这是怎么说？冤枉人好几年，天天当猴着耍、当"匪徒"斗，"没有发现"四个字就打发走了？严文井无可奈何，只好抹稀泥，"算了，算了！哈哈……"严文井苦笑着。

粉碎"四人帮"以后的1978年夏季，拨乱反正，群情激昂，文学开始复苏。当《班主任》《哥德巴赫猜想》《丹心谱》《最宝贵的》《伤痕》等一批像怪物一样的文艺作品刚刚露头的时候，一向沉稳的严文井拍案惊奇、兴奋得大呼大叫。他在我们《文艺报》的一次会上说："我们进入了一个新的历史时期，文学艺术要与它相适应。现在这些作品，是可喜的新气象，是已经'来了'的新事物，值得欢迎，尽管这些作品还有缺点，但我们不要怕这'来了'。为四个现代化服务的、深刻反映时代的、题材多样化的新时代的文学可能由此开始，由揭露'四人帮'和着重反映'受了伤的一代'，文学开始改变了寂寞的状况。""现在新东西出现了，我们要举起双手欢迎，欢迎这新现象，它将一发而不可遏止，引起人们的愤怒、深思和力量。一个百花齐放、百家争鸣的文学艺术的繁荣的新局面必然出现，历史的车轮不可抗拒。""新的潮头来了！"严文井"来了，来了！"的讲话，给瞩目新文学的人们以极其深刻的印象。

严文井常读英文原版小说，对世界文学的发展颇有见地，认为现代派文学的引进是再正常不过的事。所以，王蒙的《夜的眼》《风筝飘带》《春之声》《海之歌》产生争议时，他特意致函王蒙明确表示久违的喜悦之情。他对格非、残雪、马原等现代派小说很感兴趣、极力维护，坚持认为文学除现实主义以外，还应当允许其他流派存在，关闭自守的狭隘观念势在必破。严文井的艺术观和青年人是相通的，他要在青年人的身上找到他自己。

1998年的一天，我让女儿阎荷看望严文井。爷爷正逗小猫欢欢玩，他把动物当孩子。居室既小且乱，哪像是老延安、老领导！问他："人家书房都有个雅致的名字，你这斋叫什么？"

"破烂斋。"

"你仍关心当前创作吧？"

"好的太少，我不愿读次品。性描写低俗，迎合市场，但不高明。不如看中国的四大古典红、三、水、西。"

"常看电视吗？"

"电视剧好看的不多。喜欢《军事天地》《人与自然》《东方时空》，也补了小时候没看全的京剧全本，有谭鑫培的《四郎探母》，豁出一夜不睡也得听完，交响乐好呀，我也爱。"

"写文章吗？"

"正经东西没写。难啊！"

"还记日记吧？"

"记，简单记点。老了，可还活着。今天只记一句话：'下午阎荷来。'"

"爷爷的愿望？"

"到达终点前多懂点真相。"

为了忘却，纪念王愚

王愚走了，享年八十，文坛少了一条汉子，也少了一个"酒鬼"。

愚兄大智，敢言多思，著文为王蒙的《组织部新来的年轻人》鸣不平，敢在太岁头上动土写《从文学实际出发》批周扬，原稿转回本单位，被关，划右派，劳改，干很重的活。"文革"期间以现行反革命罪被捕，瘦骨嶙峋，烧窑背砖，年轻的评论家沦为半生罪犯。

多年来饱受责骂与凌辱，王愚胆子小了，言语谨慎。20世纪80年代初，改革开放，《文艺报》编辑部为了张扬新说招贤纳士，把王愚、潘旭澜、宋遂良等邀请来京，组成"读书班"，阅读研讨，撰写重头文章。王愚重点研究长篇小说，纵横驰骋，用力很专，与友人饮，论及腐败，拍案而起，痛骂不休，眼神特别瘆人。报刊评奖，得主早有内定，王愚发现后脸色大变："要是这样，我做什么鸟评委！"

王愚超越了十七年，还原到敢言善辩、犀利风趣的率性本真。依旧是背砖时五十公斤的小个儿身材，愈加浓密的短须，更像鲁迅。

王愚杯不离手，嗜酒见天真，但不撒酒疯，入夜把盏，大醉恍惚，跌入喷池，伴鱼而眠，幸被救出，叹曰："想我王愚，大风大浪都过来了，不料臭水沟里翻了船！"从此，"酒鬼王愚"声名大振。

80年代回西安，王愚请酒，交谈甚欢，突然，他的脸色变了，惊慌失措，非常害怕的样子。顺着他的视线望去，白光一闪，一位表情毫无异常的警察从前方走过。定神之后，他解释："由于监狱里被专过政，见了警察就害怕，明明知道警察不会抓我，哎，习惯成自然，身不由己！"我和王愚一言不发，面面相觑，突然，不约而同地说了声："《双城记》！"不约而同地想起狄更斯笔下的曼奈特医生。

曼奈特行义，反被入狱，十八年后获释，女儿接父亲回英国，见一老人弯着身子做鞋，痴呆，干瘪，瘦弱，幽灵般。长期的迫害使他的双目失神，怕光，习惯在一线微弱的光线下劳作；也怕人声，女儿进门，他失手将鞋子掉到地上，不敢抬头。当他知道眼前发生的一切后，习惯性地服从着，听任女儿挽着手臂走下阁楼，然而，十八年的禁锢使他怎么也走不出巴士底狱北塔305号。

我和王愚说了许多，"哎，习惯成自然，身不由己！"一桌丰盛的酒席食不甘味。

我将话题转向文事，告诉他说，冯牧、刘锡诚我们合编一套"中国当代文学评论丛书"，准备为陈荒煤、胡采、冯牧、洁泯、朱寨、王春元、李元洛、谢冕、陈辽、张炯、缪俊杰等一批为中国文学作过贡献的评论家出版自选集，这是文艺界和出版界空前的盛事，"我们也选中你王愚，希望你重振雄风"云云。

王愚的神色还原了，放浪形骸，口无遮拦，痛饮，忘却北塔305号，回到五颜六色的餐桌上来。

呜呼，苏轼有灵："只影自怜，命寄江湖之上；惊魂未定，梦游缧绁之中。"

天命有归，请赐给逝者永远的安心吧。王愚走了，再也不怕警察了。

第三辑

伟哉，司马迁！

司马迁是祖国伟大的作家，两千多年来真正称得上诗人和作家的没有不把他当神来敬。为了对历史负责，他忍人之不能忍，最后把命搭了进去。

盖西伯（文王）拘而演《周易》；仲尼厄而作《春秋》；屈原放逐，乃赋《离骚》；左丘失明，厥有《国语》；孙子膑脚，兵法修列；不韦迁蜀，世传《吕览》；韩非囚秦，《说难》《孤愤》；《诗》三百篇，大抵贤圣发愤之所为作也。

司马迁"毁肌肤、断肢体受辱，最下腐刑，极矣！""所以隐忍苟活、幽于粪土之中而不辞者，恨私心有所不尽，鄙陋没世而文采不表于后也……虽万被戮，岂有悔哉！"

他看到的太多了，知道的也太多了，看透了，点破了，得罪了一大片。"察见渊鱼者不祥！"司马迁朝中无人，没有后台，他不倒霉谁倒霉！

2004年，咸阳建立"当代作家手稿收藏文库"，邀我题词。我题："秦始皇在这里焚书坑儒，咸阳人为历史不舍儒书。"

2002年6月7日，一行到了韩城，谒司马迁祠。我一口气登上四个高台九十九级，最后到达司马迁墓，墓前是陕西巡抚毕沅书写的碑石"汉太史公墓"。望见墓冢上一株擎天的古柏时，我一阵晕厥，不由自主地跪倒在地，悲哀志懑，匍匐而哭之。

鲁迅说，随笔并不随便，看看《现代史》

　　"随笔"一体，来自国外，上世纪二三十年代引入中国之后，同中国传统的"议论散文"相融合，形成"随笔"新体。这种随笔除理趣盎然、文体随意这两方面大致近似以外，理性批判的新潮和个性张扬的狂放，个人情感的自由抒发和个性体验的坦诚表露也是其显著特点。由于这种随笔贯通古今中西，改制图强的激情沛然于胸，非学贯中西的学人或思接千载的思想家敢为而能为之，因此，创立随笔新体的责任就落在一批博学杂识、才情横溢、敏感而沉郁的新文化人的身上，代表人物是鲁迅和周作人。周氏兄弟的随笔，当然就是名副其实的"学者随笔"了。它似乎比其后至今的学者随笔多些个人化的胆识与轻松。

　　粉碎"四人帮"以后，众士谔谔，随笔随着散文的崛起而中兴。"国朝盛文章，子昂始高蹈。"在巴金的"随笔精神"的感召下，资深的随笔作家以战士的姿态纷纷举起手中的笔。

邓小平巡视南方，号召大胆解放思想。文士们审视过去，观察现在，关注民族利益与国家前途，于是乎，知人论世、谈天说地而又轻快便捷的随笔，考证钩沉，探幽发微，颇得"太史公"真精神的随笔，一发而不可收。

军阀割据那会儿，鲁迅一眼看穿内里的本质，写了篇《现代史》：

抛足之后，戏法就又开了场。

…………

"在家靠父母，出家靠朋友……Huazaa！Huazaa！"

…………

果然有许多人Huazaa了。待到数目和预料的差不多，他们就捡起钱来，收拾家伙，死孩子也自己爬起来，一同走掉了。

…………

这空地上，暂时是沉寂了。过了些时，就又来这一套。俗语说，"戏法人人会变，各有巧妙不同。"其实是许多年间，总是这一套，也总有人看，总有人Huazaa，不过其间必须经过沉寂的几日。

敲锣变戏法，变一回收一回钱，极尽挖苦之能事，一部长长的现代史，短短不过千字文。

"随笔热"形成的原因说法不一。"现在可以写了！"当然是最主要的原因，可是，与其说现在可以"写了"，不如说现在可以"发了"。没地方发表，鲁迅就要在无声的中国销声匿迹。

有的情景随笔像散文，有的说理随笔像论文，大都模糊了随笔与杂文的界限，可是，界限又在哪里？

窃以为，随笔的主要特征就是多识和理趣。

鲁迅说："人家说这些短文就值得如许花边，殊不知我这些文章虽短，是绞了许多脑汁，把它锻炼成极精锐的一击，又看过了许多书，这些购置参考书的物力，和自己的精力加起来，是并不随便的。"又说："天才们无论怎么说大话，归根结底，还是不能凭空创造。"

恕我断言：缺少胆识的人写不好随笔，心术不正的人必定玷污随笔。让随笔更加学者化，学者更加文学化，短些，短些，再短些！

爷爷"头发的故事"

前有鲁迅的《头发的故事》，后有我爷爷"头发的故事"。

鲁迅的《头发的故事》寄寓了对封建顽固守旧势力的痛恶，对软弱的不彻底的革命的愤激。清初，扬州和嘉定人因为不愿意拖起辫子，就有了骇人听闻的"扬州十日"和"嘉定屠城"。

当年不留辫子就遭人笑骂和非难，可以想见民众的愚昧和麻木。《头发的故事》内容的深刻性在于，它提出一个大问题：面对今天的现实该怎么办呢？由于"纪念也忘却了他们"，革命并没给民众带来什么，除了革掉一条辫子，乡下却连辫子都没革掉，一切"内骨子是依旧"。但在这革命的途中，多少热血少年曾受苦受难、流血牺牲，"他们的坟墓也早在忘却里渐渐平塌下去了"。

再说爷爷"头发的故事"。

爷爷是前清的顺民，又是本县里民局局长的二少爷，自然是以长辫子为荣。曾祖父去世后，爆发辛亥革命，陕西乱了一阵之后，又面临一场"留头不留发"的生死抉择。那时的革命，革来革去，总拿头发开刀。头发，乃父母所授，首先需要荡涤的是前朝强加在头上的羞辱，恢复先人传统的发式。爷爷挡不住时代潮流，实行改良主义：辫子剪掉，但不从根儿上剪，而是齐腰一剪子，后脑勺剩下一撮齐刷刷的短发，把它扎上，就像拨浪鼓似的一摇一动的"猪尾巴"。这是爷爷一生中唯一的一次尽管不大彻底的革命，也就是鲁迅所写过的"头发的故事"。

爷爷告诉我说，他们当时把辛亥革命叫"反正"，"拨乱世，反之正"。反者，还也；"反正"就是还政于正道，"正"也就是"政"。所以，粉碎"四人帮"，中国"拨乱反正"，批判"两个凡是"，我马上想起爷爷"头发的故事"。

张寒晖教我唱《松花江上》

"九一八，九一八，从那个悲惨的时候……流浪，流浪！"多少个"九一八"了，人们没有忘记张寒晖。

"九一八事变"后的 1935 年，家父阎志霄在陕西省民教馆做事，三十六岁的共产党员张寒晖二次被邀回西安，在西安二中任教，进行救亡宣传活动。

张寒晖常上我家做客，他不胖不瘦，不高不低，眼镜里透出的目光既斯文又谦和，喜欢逗小孩玩，我和哥哥叫他"张叔叔"，他却纠正说："我是你们的大朋友！"

一天中午，父亲和张寒晖出门有事，让哥哥跟我也去。张叔叔一路领着我俩，边走边教我们念诗："锄禾日当午，汗滴禾下土。谁知盘中餐，粒粒皆辛苦。"一字一句地讲解诗意，极为耐心，表情丰富。

西安有史以来第一个正规的话剧组织"西京实验剧团"成立，父亲和张寒晖都是发起人，张寒晖任导演，刘尚达任团长。接着，又组建其后有着相当大影响的大型剧团"西京铁血剧团"，父亲任团长，张寒晖任导演。

在阿房宫电影院，我跟母亲、哥哥观看过两个剧团合演的独幕剧《不识字的母亲》（张饰母亲）、《一片爱国心》（张饰日本妇女），接着，"西京铁血剧团"冲破当局的武力禁演，借易俗社舞台如期上演多幕话剧《黑地狱》。

父亲在西安接待过"西北战地服务团"，曾经同丁玲亲切交谈。父亲对丁玲等著名作家和演出人员的到来深表欢迎，丁玲对西安话剧运动的方兴未艾大加赞扬，西安话剧界人士对以丁玲为首的"服务团"的宣传和演出活动给予大力的协助。"服务团"团长丁玲在鲁迅1924年来西安九次观摩秦腔、亲笔为其题写"古调独弹"的易俗社演出时讲话，微胖的身材，伶俐的口才，抖一抖身穿的军大衣说："我这里穿的正是平型关一仗的战利品！"父亲他们热烈鼓掌。

粉碎"四人帮"后，父亲写信要我打听同在中国作协丁玲的下落，当时丁玲还没有彻底平反，多有不便，遂作罢。丁玲去世，关于她彻底平反的消息，父亲伤感万千。

"九一八"后的西安，无家可归的东北难民塞满了大街小巷，他们仰天哀号："什么时候才能赶走日本强盗？""哪年哪月才能回到故乡、见我的爹娘？"沉浸在阵阵哀鸣中的张寒晖义愤填膺，寝食不安，饱含着泪花，一口气创作出悲愤欲绝的《松花江上》。《松花江上》走出校门，一阵风似的飞向东北难民堆和东北军的军营，千千万万流亡者的哀鸣和怒吼响遏行云，凄婉不忍卒声。张寒晖四处奔波，忙于教唱。《松花江上》后来被当局禁唱。

1936 年 12 月 11 日，蒋介石亲临西安督战"剿共"，请愿的学生高唱《松花江上》劝谏张学良抗日。张学良闻听此曲激动不已，含泪而去，次日，发动了震惊中外的"西安事变"。

"西安事变"，人心惶惶，邻居一名国民党官员大惊失色，藏到顶棚上不敢下来。一天，同父亲排演《雷雨》的张寒晖来到我家，一进房门，把我抱了抱，喜不自禁地问我哥："娃呀，我给你教歌！会唱《松花江上》吗？就是'我的家在东北松花江上……'"接下来，压低嗓门吟唱起来。哥哥和着他唱，一气儿将全曲大声唱完。

"西安事变"前夕，《松花江上》已经秘密传唱开来，哥哥的音乐课教过《渔光曲》《毕业歌》《大路歌》和《松花江上》，但老师光踏风琴教歌，不介绍歌儿的名字，也不知道词曲作者是谁（是不是怕暴露地下党的身份？）张叔叔亲昵地拍了拍哥哥的小脑门连声夸奖道："唱得好！唱得准！"

叔叔走后，父亲说："刚唱的歌子，就是人人爱唱的《松花江上》，你张叔叔自己编的！""西安事变"前的一天，他们在悬挂鲁迅题赠"古调独弹"四个大字的"易俗社"露天剧场的"怡情见志轩"聚会，开会商讨曹禺《雷雨》的排演问题，当场推举张寒晖担任导演。正要散场时，张寒晖说："诸位留步，最近，我谱了个歌子，想让诸位听听，提个看法。"接着，他低声唱了这支《松花江上》。父亲说，这支歌非常感人，在座的人眼睛都湿了。

父亲还介绍说，《松花江上》是张叔叔在西安二中教书时写成的，他除了上课改作业外，没黑没明的，心思全用到写歌儿上。可是他小小的屋里，只有睡的、坐的和爬的，什么乐器都没有。他不识谱，自己唱，别人记。问为什么一听他的歌就想家、一唱就想哭？他说："我是学家乡婆婆娘们哭男人、哭儿女、哭坟呢！人越伤心越想报仇。"

张寒晖给我哥俩教唱《松花江上》不多日子后，他加入东北军，任东北军抗日学生军政治部宣传科游艺股股长兼"一二·一二剧团"团长。学兵队编入政治宣传队，将《松花江上》传遍东北军各军各师，歌声飞向长城内外、大河上下直到苏美的广播电台。

张寒晖 1941 年 8 月到延安，任陕甘宁边区文化协会秘书长、戏剧委员会委员等职，继续不断地深入群众进行创作，《军民大生产》等许多歌曲广为流传。

1946 年3月 11 日张寒晖肺水肿恶化逝世，终年四十六岁，长眠于宝塔山之南的窑背上。

《松花江上》或者署名"佚名"，或者署名"平津流亡学生集体创作"，到死，张寒晖也没有在《松花江上》的词曲作者上署名。张寒晖去世后，其夫人刘芳编印《张寒晖歌曲集》作为向 1950年西北文代大会的献礼，才将他真实姓名公之于众。1951 年，我十九岁，出席陕西省文艺创作者代表大会并获奖，除一个奖金红包外，还有幸得到这本珍贵的歌曲集。人民热爱自己的音乐家，凡爱国民众未有不习此歌者。"松花江水去潺潺，一曲哀歌动地天。"共唱此歌，不禁潸然泪下。

在纪念抗战胜利六十周年的大型晚会上，当"我的家"三字出口，一唱百和，肠断心碎；一声"九一八"，双泪落君前；当"爹娘啊，爹娘啊，什么时候才能欢聚在一堂？"声声响彻北京人民大会堂时，情绪最为高涨，中华儿女，怒火中烧，大刀向鬼子们的头上砍去！

想念您，英雄的中华儿女张寒晖！难忘啊，摸我脑门、亲我抱我的"大朋友"张叔叔！

"为生者立传"与"盖棺论定"

有学者提出"为生者立传",即通过口头交谈,采集心灵深处的奥秘,零距离地抢救第一手宝贵资料,为传记文学的写作拓宽言路。

其实,"为生者立传"也好,"为死者立传"也好,古往今来都不成问题。不但史传记事、墓志铭,即便是传记文学、记人散文(如《史记》以来到唐宋八大家到"五四"新文学运动直到今天),死了的、活着的,都可以写。不成问题的问题,为什么成了问题?

早应该更新传记文学的观念了。只要用事实说话,对历史负责,写死者也写生者,写历史人物也写现代人物,写科学家、医生、作家、艺术家,也写企业家、个体户,写长的,写短的,纵写,横写都可以,潇洒走一回!

由此我也想到,当今大可以写生者,"为生者立传",就像司马迁的"纪""传"和"韩潮苏海"里的人物小传那样。不要一味地追大求长,时间就是金钱,谁敢轻易地捧上砖头块一样厚的传记作品啃到底呢？老舍、启功微博式的自传，能说不是传记作品？沙叶新的名片更绝："我，沙叶新。上海人民艺术剧院院长——暂时的；剧作家——永久的；某某理事、某某教授、某某顾问、某某副主席——都是挂名的。"

我也想起鲁迅。且不论《在酒楼上》的吕纬甫和《孤独者》的魏连殳，仅仅一篇短短的《范爱农》，极省俭地为一波三折的悲剧命运画了像，也为一代悲欣交集的知识分子立了传。特别是"自杀"后族人争夺捐款的一笔，穿透世态，寒彻心骨。鲁迅一生主张"立人"，为了"立人"而为人立传，并且很短，很精短。

又如鲁迅写刘半农，囊括其今生一世，投以历史的眼光："我爱十年前的半农，而憎恶他的近几年。"更憎恶"将他先前光荣和死尸一同拖入烂泥的深渊"。由"革命者"转而为"无聊文人"，"盖棺论定"，不偏不倚，正好应了先贤们的诗训："莫嫌老圃秋容淡，且看黄花晚节香。""向使当初身便死，一生真伪复谁知？""莫道故人多玉碎，盖棺定论未嫌迟。""盖棺定论"就是"盖棺论定"。

然"盖棺"也未必"论定"。"修史"如历代皇帝，"一朝天子一朝臣，这朝不用那朝人"，一朝权在手，唯我独尊，宣翰林院修史。

问题的症结根本不在于写活人易好还是写逝者难工。

党的三中全会已经召开，杨绛的《干校六记》拿到香港出。胡乔木发现了，给《干校六记》批了16字的赞语："怨而不怒，哀而不伤，缠绵悱恻，句句真话。"内地出版了。

世事多变，文学变多，现当代文学史改写又改写，在世作家的功过一时说不清、道不明。

没有绝对的真实，真实需要历史检验。时代在曲折中发展，传记作者对传主的认识只能是阶段性的，只具有相对的褒贬度。

近年来，我一再强调：一，传记文学的生命是真实（理性的史实和情感的真挚，不仅仅是记录事实）；二，传记文学之大忌，是各种各样的"讳"。

眼见不一定是实，耳听不一定是虚。"良史诛意，庸史纪事"，良史、信史，有待后世连续不断地修订或改写，以便让传主的灵魂出窍、历史的真貌进一步显现。

三星堆之谜启示我，历史，就是不断地改写过去。

艺术真实是客观事物的主观化，凡文学都是作家本人的价值判断。有的人"盖棺"之前、之后都难以"论定"，真的"论定"须待"盖棺"之后不知何年何月。

邢小利2015出版《陈忠实传》，2017年出版《陈忠实年谱》，2019年又出版《陈忠实研究》，《白鹿原》作者栩栩如生活灵活现，其音容笑貌和心理活动一览无遗。不可想象，陈忠实晚年寂寞、内心激愤，对于官场的看法，对于谣诼不屑一顾，等等，陈忠实在世时能这样披露出来吗？

综上所述，关于"为活人立传"还是"为逝者立传"的论辩，不站在现代理性的高度，不清除历史虚无主义，永远扯不清。

若从真理的相对性与绝对性进行科学考量，有这样几点必须承认：一，人的认识是由片面而全面，正确与错误相对立而同在。二，人的认识永无止境。"立论""立言"不可避免，但必须经受历史的检验，甚至被历史彻底颠覆，进而推动认识的良性发展。

"良史诛意，庸史纪事"，良史、信史，恐有待后世连续不断地修订或改写，以便让传主的"灵魂再度出壳"，历史的真貌进一步显现。

实践是检验真理的唯一标准，世上没有绝对的真理，也没有一成不变的人物。世界万物都在变化中，只有一样不变，就是"永恒的变"！

我特别喜欢这句话："我们只是小小的一棵树，等树倒了，才能量出它的高度。"

什么是好诗？艾青经典的几句话

　　《小草在歌唱》发表之后，雷抒雁致力于短诗的创作，连续写了《早熟》等好几首短诗，八行，六行，甚至四行，何其短也！看《早熟》：

　　　动乱的年代，
　　　是火热的气候；
　　　只用了半年的时间，
　　　孩子就像父亲一样成熟。

　　《早熟》等五首短诗发表，艾青著文赞叹不已，惊呼这是"真正的小诗""每一首都带来一股逼人的清新的气息""能留下深刻的奇特的印象"。又重点强调："只有新鲜的比喻、新鲜的形容词和新鲜的动词互相配合起来，才有可能产生新鲜的意境。"

　　雷抒雁没有辜负艾青"真正的小诗"的赞誉，没有辜负艾青经典审美的期待。愈接近终点，愈追求简洁、凝聚、写意，以及跌宕、跳跃的节奏，意象、意境的切合，把生命留给诗史。

堪称绝笔之作的，是他发表于2011年9月号《人民文学》上的小诗《泥土之门》，赞美骨肉亲情，融入泥土乡情，跨越生死之间，照应《小草在歌唱》里目睹一切的"野草"，读之怦然心动，尽管只有短短的110个字！

> 我以泪眼/送母亲/回归泥土
>
> 辛劳一生/她却洁身而去/毅然跨过/烈火的安检/唯一带走的/是我呼叫了几十年/随叫随应的一个词：母亲
>
> 如今，我只有拍打大地/呼叫母亲/无望地扯住那些野草/像童年时拉着她的衣襟
>
> 可是，无论如何/泪水也敲不开泥土紧闭的门

像绝句，却不带格律的枷锁，凝练而传神；是自由体，却不散漫零乱，收放自如，"真正的小诗"。

论故事："你写小说、改电影，没有故事没人看！"

　　惊险、传奇、英雄豪杰、绿林女侠、卖艺女郎、山民猎户、巧妇智童、高僧义侣，各色人等，熙熙攘攘。

　　昔者初民，说说唱唱，奇闻异趣，口耳相传，遂成故事。故事生于民间，发自肺腑，出乎天籁，话在嘴边，诚自然之诗也。

　　民间的东西当然不那么细腻高雅，然而清新、鲜活、刚健、亲切，是心与心的交流。那语言，一概从活人口中取来，分外精神，如此这般，一针见血，有滋有味。那世相、智慧、勇敢、妙趣，那极顽强的生命力、自信心，成为民族文学的宝库，中华文化的活水。

　　鲁迅在《论"第三种人"》里说："我相信，从唱本说书里是可以产生托尔斯泰、弗罗培尔的。"

　　文学有粗细之分，文野之分，高低之分，雅俗之分，从此而有雅文学与俗文学之分。故事当然属于俗文学。俗文学因其通俗拥有广大的读者。后来，故事又分为讲述性故事与阅读性故事，犹如话本与拟话，或幻想人生，千奇百怪，五花八门，惩恶扬善，优美动听，阿拉伯味十足。

为中国读者熟悉的《阿拉丁和神灯的故事》虽然故事发生在"日出处的中国"，却全然阿拉伯的景象。这些故事是口头创作，父传子，子传孙，通过官方讲解员和民间说书人在军营和咖啡店里的讲述得以广泛流传，被阿拉伯人誉为无限丰富的宝藏和纤尘不染的明镜。伏尔泰说，我读了四遍《一千零一夜》以后才算是尝到了故事体文艺的滋味。司汤达说，上帝最好让我忘记《一千零一夜》的故事情节，以便再读一遍，重新得到美妙的故事所给予的乐趣。

我国古有"说话"的白话小说，"以俚语著书，叙述故事"（鲁迅语），始为"话本"继而出现话本小说、拟话本小说和章回体小说。从宋话本到明清"演义""说部"，再到晚清话本。但无论如何，故事必须具有很强的故事性。故事的口头性和流传性，盖源于故事性。

"以俚语著书，叙述故事"这句话，很能概括故事这一文学样式的形式特点。第一，故事必须"以俚语"即大众喜闻乐见的口头语讲述，朗朗上口；第二，故事必须抓人，引人入胜，新、奇、巧、趣，无奇不传；第三，重"叙述"而不重描绘，重"叙述故事"而不重描绘人物，更不求其着重描绘人物心理。当然，人是故事的扮演者，文学都在写人，但各有其途径、方法和优势。

这里说的"叙述"，主要是设悬念、卖关子、甩扣子、吊胃口、疑云密布、疑团丛生、浪花迭涌、出其不意、出奇制胜、闻者拍案惊奇、欲罢不能，于期待意外、智慧而合理的结局的紧张情绪中求得欣赏的满足，产生"一篇在手万虑皆忘"的审美效应。这里所说的描绘，主要指细腻的刻画。对于雅文学的小说创作，它是惯用的手段，对于口口相传的故事创作和千百年来依靠听觉形成较稳定的欣赏习惯与审美心理的广大听众来说，细腻到近乎静止的描绘，则显得多余而使人很不耐烦。

但是，雅文学小说创作大量涌现，既有引人入胜的故事情节，又有细腻刻画的心理描写；不仅会讲故事，而且领略故事背后的诗——"冰山理论"、细节描写、技巧和风格。例如雨果的《悲惨世界》、柳青的《创业史》。其实，那也是故事，不过更细致罢了。"传奇传奇，无奇不传。"

老作家李凖给我说，拍电影《李双双》时，导演问他"你的小说中到底有哪几个过目不忘的关节？"他说了李双双画圈圈的几个趣事后，导演说："行！事成了！"李凖说："我在乡下，老乡家死了人，请我写墓志铭，等于把他们的家史给我兜了个底，所以，我不缺故事。"最后说："你写小说、改电影，没有故事没人看！"

作家的包装

　　小时在西安，常见父亲和客人交换名片，那片片，掌上把玩，颇觉有趣，相信长大以后，也会有的，也印上自己的身价姓名。

　　那时叫"名片"为"名刺"，后来革命了，连名片的命也给革了。所以，改革开放以来启用名片，我感到新鲜，却不感到奇怪。

　　1980年代初，名片兴时，我的夙愿以偿，也印过几盒，怀揣名片，却不好意思掏出来送人。

　　人为什么要互送名片？无非验明正身，自我推销。留个地址、电话什么的，回头好联络，但主要还是为了亮明身份。既然如此，那么，谁的级别越高，名气越大，越神气。

　　彼此见面后、会议开始前，序幕的序幕是交换名片。这时候，全场最活跃，气氛最热烈；这时候，只有这个时候，才是那些最爱出风头、最爱拉关系的人的最难得的机遇、最盛大的节日。要是名人遇到大官，或者大官遇见名人，气氛还要热烈。"您就是大名鼎鼎的某某同志？！"惊叫之声不绝于耳。只见名片飞舞，艳羡大作，或拍肩抚背，或交颈拥抱，或抓住对方的手臂乱摇晃，攥得人手背怪疼的，摇得人胳膊快要散架。

这无疑是名气和职位的大比拼，实力与派头的大联展。"冠盖满京华，斯人独憔悴"，总有一些人不那么舒服，或者看不惯，或者被冷落，或自惭形秽主动靠边站。这种场合，自己扮演什么角色，自己心里明白。

后来，我没有再印名片，退下来以后，更没有必要印名片。当然，碰到有些场合，大家交换名片，你那儿干戳着，人家不理解，还以为下台之后想不开，吃不着葡萄说葡萄酸。

此次南下参观，属官方邀请，不时出现在官场。人家这里当官的，名片反倒素雅，一个官衔说明了身份，无须丝丝萝萝显摆炫示，倒是我们一伙舞文弄墨的，不敬惜纸墨，过分堆砌，什么"长"什么"事"什么"员"什么"问"一大串，把粉全擦在脸上，唯恐别人不知道自己是个人物。我本想立时上街做两盒名片，临场怯懦，罢了罢了。

只收礼、不待客，我白落了一摞名片。

有张名片，把自己的头衔分为"短期的""长久的""任命的""挂职的""代理的""授予的""表彰的"凡七类，文武昆乱不挡，十八般武艺样样精通，一专多能，人才难得。

有张名片："教授（相当于一级作家）"。

有张名片："……副主编（没有主编）"。

有张名片："著名文艺批评家"。

有张名片："……副主任（厅局级待遇）"。

我想起一件事来。某年某月，在太原某个很像样的一家宾馆，我和周明等编审一行数人登房。验罢工作证后，服务员问："你们住三人间的还是四人间？"我们回答说："住两人间。"服务员故作鄙夷状，说："两人间的没了。"我们指着一楼空荡荡的房间质问道："那不是吗？"服务员觉着可笑，不无揶揄地说："那是给科长留的！"

"三代以下，未有不好名者""不在乎天长地久，只在乎曾经拥有"，所以，对于在名片上加注级别待遇什么的，我很理解。不过，我的名片死活也不印了。

开幕式后，餐厅的路上，邵燕祥递给我一张名片，说："我的电话有变动，留个电话号码给你。"我接过一看，颇为吃惊，名片上留白很多，除去三个字的大名以外，就是下头一行小字：住址和电话。

他的名片上什么头衔也没有，可是，文坛无人不识君，中国作家协会主席团成员，诗人兼杂文家，他的作品就是送给朋友的名片。这类名片是无字碑，什么都没有，什么都有了。

巴金出国，中国作协给他印名片，各种头衔耀人眼目：政协什么，作协什么，上海什么，最后是"小说家"三个字。巴老嗟叹道："小说家才是首要的，没有小说家三个字，哪来的其他什么？"

有一张名片，生怕别人忽略自己，折叠式的，篇幅大，发表作品的详细目录，获奖作品的目录更详尽，名片的四个版面密密麻麻，而我们，都到了不戴老花镜就成了睁眼瞎的年龄，如此名片，上面什么都有，什么都没有。

日前，中国请辞文科资深教授第一人的章开沅，接受《新京报》访问时说，他曾经收到北京一位教授的名片，只印了六个字"退休金领取者"。他请辞后，便也以"退休金领取者"名之。

有诗为证："丈夫所贵在肝胆，斗大虚名值几钱？"

答任建煜"作家人生十问"

问：你成功的经验和秘诀是什么？

答：才分不我，无论成功。

问：你最喜欢读什么书？

答：《辞源》《辞海》《百科全书》。

问：你最大的嗜好是什么？

答：我的诨名"胃亏面"，再加上上网和说笑。

问：你最大的烦恼是什么？

答：虚与委蛇，"谋财害命"。

问：你是怎样看待金钱和名利的？

答：安贫乐道，钱不烫手。

问：你是如何处理周围人际关系的？

答：好心待人，不整人的都是好人。

问：你向往什么样的生活？

答：醉卧书林，寄情电脑，指天画地，含饴弄孙。

问：你喜欢和什么样的异性相处？

答：不带异性偏见的异性。

问：你最喜欢的座右铭是什么？

答：生前有血气，身后有骨头。

问：请你对想成名的人说几句话。

答：大音希声，大器晚成。

主持《文论报》 张扬自由争论

1985年秋，我由中国作家协会借调河北省文联参加党组工作，期限一年，主要抓评论，关照《文论报》的编辑业务。

近年来，我编《小说选刊》，读了大量的小说，眼花缭乱，不知小说为何物；我编《评论选刊》，读了大量的评论文章，众士谔谔，不知评论为何物。也就是说，在文艺形势风云际会，既多变（小风、大风不断），又变多（多姿、多彩、多元），五彩缤纷的情势下，我看花眼了。

什么是美？什么是审美体验？什么是审美判断？

十年来，文学作品到底什么地方打动人？文学批评到底作了什么好事？

美在实践，美在人心，美在自由开放。

文学的主体精神如忧患意识、忏悔意识、悲悯意识、悲愤意识、宗教意识、文明意识、人类意识、宇宙意识、现代意识等等，嘤嘤其鸣，求其友声，因此动人心弦。文学最动人者，莫过于直起民族的脊梁，拯救国民的灵魂，重振中华的雄风。

文学向何处去？药方很多。评论方法多多，西方学派林立，传统方法良莠互见——政治标准与艺术标准相结合的方法、革命现实主义方法、马恩的美学的与历史的方法、社会学方法、心理学方法、符号论、价值论、本体论、现象学、结构主义等等。

传统的东西被打破，而且继续被打破；新的文学出现了，什么又是新的文学？各种探索性的创作出现了，各种不同论点的争论发生了，各不相让，吵得非常厉害。

本着百家争鸣的原则，我们在《评论选刊》和《文论报》上转载和组织了几场争论，轰轰烈烈。轰动一时的是刘再复的"性格二重组合原理"论以及由"性格二重组合原理"论引发的争论，应者云集，声讨之声不绝。有评论家质问我"为什么听不见不同的声音呢？"我回答说："时刻准备着，请拿出言之有理的论文来！"《文论报》上发表了汤学智、何西来等盛赞刘再复的文章，也发表了侯敏泽大不为然的激烈言论。敏泽文章发稿时我在稿签上补写了两句话："此文发表势必激起轩然大波。一切通过争鸣。"接着又有评论家质问我："为什么发表侯敏泽驳斥刘再复的文章？"我回答说："因为我也发表了何西来等声援刘再复的文章。"《文论报》感受到一种压力。编辑难当！我想，作为编辑，应该理顺三种关系：朋友关系，评论家同行之间的关系以及编者、作者之间的关系。我卷入所有的关系之中。

我找到一件有力的武器，为1986年6月1日出版的《文论报》撰写了一则位置突出的《致读者》。《致读者》写道：

> 去年以来，文艺理论界空前活跃，高论迭出，聚讼纷纭。我们早已料到文艺界一场意义深远的大辩论在所难免。假若这一辩论能够平等地、不带火药味地、沿着科学探讨的途径健康发展，那么，建立具有中国特色的马克思主义的文艺理论体系将不会遥远。
>
> 目前，大辩论的前奏已经开始。
>
> 《文论报》以坚持马克思主义文艺理论为己任，而理论只能在辩论中求发展。我们举双手欢迎百家争鸣的文艺复兴的到来。
>
> 这将是独立思考的自由，立论的自由，批评的自由，"保留意见和放弃意见的自由"。《文论报》一如既往，屈己尊人，礼贤下士，开放新说，为文艺繁荣的大辩论竭诚尽职。

农民作家乔典运弥留之际的忏悔

手术台上接二连三的宰割，未能留住他的肺息。他的去世让我悲痛难忍。

生命对于乔典运已经很不耐烦，他在病床上"拼命"了，日夜兼程，以常人难以想象的毅力留下自传体的文字，终未完稿而成绝唱。

真正的英雄是我的儿子小泉。当时村里没有一个人敢替我说话，妻子和三个女儿也只能远远地用泪眼看我。小泉只有三岁，他天不怕地不怕地跑到我的身边，双手抱住我的腿，仰起头睁大怒眼看着众人，就这样一直到斗争会结束。一个三岁的孩子，面对着一个疯狂了的世界，毫无惧色地搂着我的腿，在歇斯底里的吼声中，这是一个巨大的力量，我好像靠着泰山站着。

人之将死，其言也真，《命运》是20世纪90年代作家的忏悔录，一位作家弥留之际痛彻肺腑的心声、血泪浇铸的格言，也是对同辈、后辈作家的遗嘱！

《命运》刊登在河南《莽原》上，用自己的亲身经历，用真实的细节诠释了那段历史，也给我辈知识分子画了像，为中国文学留下前改革时代中国知识分子苦闷历程的缩影。

一部《命运》，象征贝多芬的《A小调第五交响曲》（或称为《命运交响曲》），实际上是一部"临终忏悔"而未完成的安魂曲。

作家杨曾宪问得好："谁来续写《命运》？"

将军一声吼

我说的将军，叫尹武平，从士兵一步步升为师长。退休后，他写了大量的散文，其影响飞出军营。王蒙赞曰："武平将军的散文风格如果不是真情实感的记录和豪迈精神的表达，我反倒有些奇怪了。"

这里，我只说说尹武平的散文《牵一缕清风拂利剑》所给予我的艺术打击。作品发表在《美文》杂志上。

他"先过群众关，再过领导关"，自上而下践行民主。

他的任何改革决策一概经过师常委讨论通过。

他的"自助餐"用餐方式，得到军委充分肯定，走进全军官兵的食堂。

他敢于当面顶撞军部的领导："只要我把这个师带好，上级要提拔我，你一个人是挡不住的！"

他扪心自问："我没收部属一分钱的礼，在这个节骨眼儿上，我若不替这些肯实干有本事不会巴结上级的优秀部属说话，我还配做这一师之长吗？"一腔热血，两袖清风，完全有资格代百姓立言，是最称职的人民代表。

现场记述、"田野调查"，够锐利够痛心够震惊是吧！不像"正能量"就是"负能量"吗？然而，凛然亮剑，直言善谏，绝对地"以人民为中心"，货真价实的"中国故事"！

将军一声吼，响遏行云。

雄哉将军，韩城乡党司马迁的遗风。

名将之花常开不谢，美如璀璨的五彩云霞。

第四辑

同燕祥、子龙畅谈文学的"味儿"

2015年9月，在乌兰布统草原，提及林希，大家兴起，仅仅他的代表作《"小的儿"》书名三个字的四声轻重，燕祥和子龙就反复演示了多次，天津卫的韵味儿十足。

"小的儿"，后面的两个字要连起来发一个音：der，表示一种轻蔑，根本排不上号，算是一个"的儿"，近似北京话"小不点儿"。

邵燕祥（左）、蒋子龙（右）

具体到《"小的儿"》的语言，"你道'牛不牛'？""你听听，多会来事儿。"这味儿，了得！再听听："那，水是从哪儿来的呢？姨太太烧的，你瞅瞅，就是出了这么一点力气，这姨太太的名分落着了，你说说不服人家行吗？所以，自古以来，做小老婆的总能夺得最后胜利，究其原因，就是做小老婆的，全都有这么两下子，这叫能耐，学着点吧，爷们儿。"你嗫嗫那味儿，独特的天津地域文化，只此一家，别无分号。

"爷们儿""爷们儿"的，蓦然回首，联想起蒋子龙写我的《阎爷句式》，"按天津卫的习惯，见面一抱拳，口称一两声'爷！爷！'有几分亲昵，又带点没大没小的痞味儿，后面就好办了"。

这味儿，成名的作家都有的，柳青小说的吴堡味儿和后来的关中味儿，沈从文《边城》的湘楚景色和质朴的人情味儿，邵燕祥杂文的京味儿，蒋子龙"改革文学系列"的津味儿，高建群陕北汉子的豪放味儿，路遥凄美的信天游味儿，陈忠实"寻找属于自己的句子"的陕西愣娃味儿，陆文夫终生的苏州美食味儿，王安忆小鲍庄贴地面的生活味儿，莫言在高密东北乡"土台子上说话"的味儿，贾平凹神秘的商州文化味儿，潘向黎要是没有研究过上海精美的菜肴，《兰亭惠》能有这么得心应手如数家珍十里洋场的味儿吗？

毛泽东手书《长恨歌》

20世纪90年代初，我的陕西乡党，时任中国现代文学馆副馆长的周明，干了不少好事。他把几个文学学会操持得红红火火，在北京挂牌"柏杨研究中心"，将纪弦之子路学恂珍存的纪弦近千册藏书、170多封信札以及书房的陈设等相关资料和物件捐赠给中国现代文学馆，并且在纪弦的家乡陕西省盩厔县（今周至县，也是周明的家乡）建立"纪弦纪念亭"。但是，最吸引人的眼球的，还是他干成的这桩震惊世人的美事。

历经世乱，《长恨歌》的诞生地仙游寺一片狼藉，党的十一届三中全会后，时在中国作协的周明向中央书记处书记习仲勋递上申请拨款的报告，抢救、修复，终于挂上"仙游寺文管所"的牌子。

1990年，古塔专家罗哲文来仙游寺考察，他回忆说，毛泽东主席60年代初手书过白居易的《长恨歌》，田家英向他展示过手迹复印件，好像没有写完。罗先生建议寻找，镌碑为念，供人观赏。周明闻讯大喜，随同中央办公厅的王添生和仙游寺文管所所长王殿斌，一行三人，历经周折，柳暗花明，大喜过望，复印原件，延工请能，精雕细刻，勒石立碑，为香山居士流芳，为仙游寺增光，为毛体《长恨歌》遗世称庆，文坛惊喜。

中共党史出版社出版的《走近毛泽东的最后岁月》，记录了小孟朗读《长恨歌》时毛主席闭目沉思的情景。

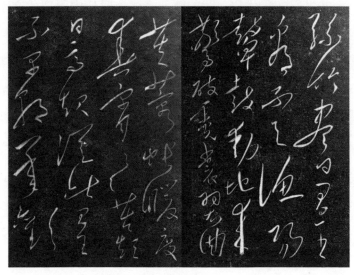

毛主席手书

《长恨歌》原诗120句，840字。毛主席题写的《长恨歌》32句，224字。诗人臧克家称，毛泽东的书法"风格独具，为世所称。六十年代，曾书写白居易名篇《长恨歌》，行云流水，疏朗有致，显系忙里偷闲，游目移情之佳作，惜世人罕见，今勒石流芳，以供欣赏。原诗太长，未能终篇，缺陷之美，弥足珍贵"。手迹原件，现存北京西山中央档案馆，藏之名山；手迹石刻，立于《长恨歌》诞生地仙游寺禅林，世代流芳。

毛主席手书的《长恨歌》与臧克家书写的题跋经拓片制成成品。1993年纪念毛主席一百周年诞辰，制成集邮册全国首发。

我有幸得到陕西省周至县的拓本"纪念毛泽东诞辰一百周年·陕西省周至县仙游寺藏碑《毛泽东手书白居易长恨歌》"，如获至宝，爱不释手。

又见贾平凹的"卧虎"、昭陵的"六骏"和李小超的"泥娃娃"

才华横溢的平凹，怯生生地绕着这只未跃欲跃的"卧虎"看了半天，却不敢相信寓于这种强劲的动力感的，不过是一块石头！

伏虎

平凹一直根据自己的性格追寻独有的文风，他找啊找，终于在欲动未动的"卧虎"身上找到与之相契合的艺术风格，那就是重精神，重人情，重整体，重气韵，具体而单纯，抽象而丰富，内向而不呆滞，寂静而有力量，平波水面，狂澜深藏，东方的味儿，民族的味儿。

这不就是贾平凹的艺术宣言嘛！

又见茂陵的"卧虎"，联想起礼泉的"六骏"。

我县九嵕山下，有个西屯村，村里有个年轻娃，捏"泥娃娃"，烧"泥人人"，把家里弄得一片狼藉，结果出了名，出落成泥塑家，竟然出洋到外国。鲁迅说："我相信，从唱本说书里可以产生托尔斯泰、弗罗培尔的。"那么，从民间传统的"泥人人"里是不是也能捏出个雕塑家罗丹来？

要问李小超的雕塑艺术有多好，先看看他捏出多少好玩意儿。他的近40套组、1000余件"泥塑"，将"昭陵"脚下礼泉县农民地地道道的艺术造型、"关中愣娃"硬汉子精神，同陈忠实《白鹿原》里全景式的关中风情逼真地糅合在一起，那风格，使人想起平凹笔下神游的那块石头，几道骨力，跃跃欲试，大气浑然。

2001年9月，我受小超之邀，有幸在他家里作客，目睹一地活灵活现的泥人坯子。像雕塑工作室，又像个窑场作坊，我想，临潼当年烧制秦兵马俑也不过这番景象。

九嵕山的内涵是享誉历史的贞观之治，外延是昭陵六骏的龙马精神。看"飒露紫"，大将军丘行恭牵着受伤的

"飒露紫"，和李世民巨跃大呼，斩数人，回营，为"飒露紫"拔出毒箭，箭一拔出来，"飒露紫"倒下了，"飒露紫"，神骏也，李世民脱险，它力尽气绝，安然离去，悲剧美学的极品！

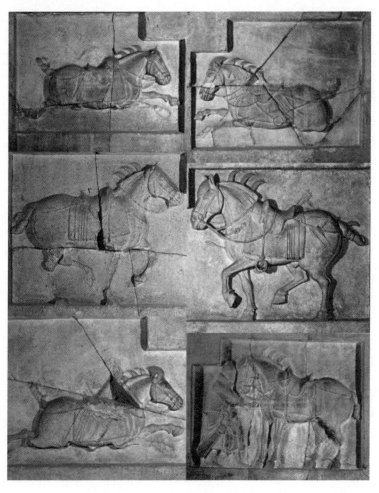

昭陵六骏

李小超《一个村庄的记忆》《百姓》《乡亲父老》等系列雕塑在巴黎、尼斯等地展出。你看那绘画《秦腔》，人物近百，个个神情毕现，无一重复，完全跳出"千人一面"的窠臼，了得！

《秦腔》绘画

其雕塑绘画作品先后被联合国教科文组织及美国、法国、德国和中国美术馆等国内外八十多家博物馆收藏。他的二十余组大型青铜雕塑群分别矗立于古城西安各处。

茂陵的石刻，几锤子砸下去，即成生命的发动和力的威慑，难怪平凹守夜三天澄怀悟道真还悟出个道道儿。人们也赞叹礼泉的"昭陵六骏"，雄健强悍而神态各异，骁勇无畏又通达人性。我想，不论你有意无意，这憨实剽悍的风骨和简练传神的灵性，都像生命的乳汁，滋养着一代又一代的雕塑艺术，薪火不灭，构成中华民族神奇的审美密码。

贾平凹《暂坐》，我"坐看"，只有敬亭山

贾平凹来礼泉看望我，说："阎老的家乡礼泉不仅是我成名作《满月儿》的创作地，而且阎老对我本人的文学创作给予了重要的帮助，是我的良师益友。"

我说：不敢当！是你对我有恩。我最烦闷的那些日子，想读你的散文安安心，你寄来《月迹》，扉页上写道："久未联系，但心系之。先生文德，天下有辞。年过五十，随心所欲。当初三秦走友、九州获才，如今京都若有慢，长安高筑拜将台。"字肥人瘦，纸短情长，厚意自乎友情，让我百感交集。从此以后，我称呼你是"我的小弟弟、大作家"，不敢妄称什么"我的朋友胡适之"。

我送给平凹《暂坐》读后的四个大字"废都坐看"。大家犯疑惑："应该是'废都暂坐'嘛！"我说："不，是'坐看'！"

《废都》出版后遭逢一系列变故，平凹遭受巨大打击，谁解其中味！绝望中突然获得法国文坛的"费米娜文

学奖"。

几年过后，新版《废都》出版，三位评家作序，发现"死了的庄子蝶原来活着，就活在当下的文艺界！"

查禁复解禁，可见党的文艺政策不断地调整，贾平凹像寒风中挣扎的小桃树，历经风雨，长大开花结果。

"坐"是《暂坐》。《暂坐》依然写昔日"唐都"、今日"废都"长安，吃吃喝喝的"百科全书"，风流绰约的"十二美女图"，"东京梦华录"似的一览故都之繁华，五光十色，七行八作，风味十足，煞是好看。

《废都》只写了四个女人，《暂坐》将近十个女人，那么多的人物吃玩在茶馆里，个个儿都是鲜活的，什么秘密？

老舍说：《茶馆》六十多个人物，我只能寥寥几笔，怎么写？什么秘诀？"我给他们批过八字，算过命！这些人物经常下饭馆，我要把他们集合到茶馆里，用他们的生活变迁反映时代的变迁。"

《暂坐》繁华又杂乱，富足又空虚，美丽又憔悴；妇女独立了，爱情分化了，官商断链了，茶馆瞬间化为乌有，红楼一梦！好就是了，了就是好，可怜焦土，世事无常，空空如也！

"看"是"回看废都"，《暂坐》是《废都》的姊妹篇，"相看两不厌，只有敬亭山"。敬亭山是诗仙们饮酒吟诗的地方，又对应了"茶馆"，平凹不妨到此小憩暂坐。

《暂坐》写了两年，前后三稿，钢笔磨成针，字酙句酌，暂坐、坐看，独出心裁，赋到沧桑句更工。任人说三道四，"不顾一切地坚持自己喜欢的事"。

记得贾平凹介绍经验时曾经说过（大意）：我们的小说里，没见了意象；没见了以虚写实、以实写虚；没见了空白，没见了得意忘形，没见了言外之意；没见了象征，没见了空灵；没见了色即是空，空即是色；没见了草蛇灰线，没见了了无痕迹。这是中国精神和中国审美的流失。所以，一定要以中国传统的美的表现方法，真实地表达现代中国人的生活和情绪，写出东方的味，民族的味，中国故事特殊的味。

平凹的散文了得，是诗性的白话，精制的简练，略带禅意，烹制出不同口味的精神大餐。

恕我歪批三国，看见《暂坐》"坐看"的空灵。

怪诞：程海的小说《经心》

《经心》，长篇小说，行文干净利落又吊诡，天道机密模棱两可，歇斯底里大发作。

程海早在他的小说《人格粉碎》中就有如此诡谲的对话：

"世上的事情说不清，说清了世上没事情。"

"他是个哲人！"

"他是个疯子！"

前有《心经》，后有《经心》。《心经》说"五蕴皆空"，《金刚经》说"凡所有相，皆是虚妄"。宇宙一切总归于零。

《经心》虚妄又现实，认为人生是个谜，文学也是谜，以发现病态的痛苦为美，于虚妄的悖论中凸显人性的"真"。

《经心》很好读，一连串荒诞不经的故事，文字又那么富有诗性。

这倒应了几位哲人的话："但凡优秀的人都免不了是半个疯子。"（亚里士多德）"有天才的人常有道德上的缺陷，如行为卑鄙，甚至声名狼藉。"（柏拉图）"一个人如果没有参观过痛苦展览所，他只见过半个宇宙。"（爱默生）"美是精神的某种错乱的结果。"（孟德斯鸠）又如凡·高、卡夫卡、陀思妥耶夫斯基、三毛……

"美是某种精神错乱的结果"，恍恍惚惚，如疯如魔。难道天才真就是"哲人"、"疯子"、神经病吗？

真真假假，假假真真，模棱两可，"世上的事情说不清，说清了世上没事情"。

程海还是要"说"，结合自己的人生经验"说清"世事。《经心》自立门户说"强迫"，说"神经"，说人物的心理和行动的走向，千奇百怪，颠三倒四，最后还是落脚《金刚经》，"凡所有相，皆是虚妄"。什么也没有"说清"。

《经心》意在充当《心经》的姐妹篇，增加由色变空的一个虚妄美丽的过程而已，而已！

最后留下最赚人脑细胞的一大虚妄："天才往往是神经病吗？"

第五辑

礼泉人的"愣娃性格"

　　我们礼泉县归属于陕西关中地区，其性格的典型呈现，我以为是鲁迅称作"古调独弹"的桃桃乱弹、陕西梆子，即秦腔。秦腔，慷慨悲愤，繁音激越，热耳酸心，"秦之声"也。听一听王宝钏，柔肠百转而性情刚烈，"三击掌别了父女情"，爱就爱它个虽九死犹未悔，苦守寒窑，咋说也不进你相府的门，十八年，不简单，成了陕西人的骄傲和偶像，陕西女人的形象使者。秦腔的哭音惊天动地，不信你试试，在寂寥天地里运足气、大吼一段《周仁回府》吧，那几声凄厉几声抽泣，对"卖主求荣"的仇恨与控诉，视死如归的决绝石破天惊，能不叫人想起硬骨头的"陕西愣娃"？

　　礼泉人，较之近在咫尺的帝都西京来，生性还要耿直，说话还要硬气。所以，礼泉人唱秦腔，和中路梆子的气质韵味不尽相同。我们唱的是西路梆子，发音更重，咬字更狠，情绪更激烈、更悲壮，撕心裂肺。礼泉县距离长安区那么近，可是，连"我""水""出""哭""数"这样的常用字音都不能通用，谁听谁的都别扭。再如礼泉的锣鼓家伙，城关的"连三锤"和城东的"一窝风"，敲将起来简直没命了，鼓槌似有千钧重，乱锤锤得震天响，天快要塌下来了。特别是敲到激烈兴奋处，精神抖擞，元气淋漓，光着膀子让两扇筛子一般大的镲钹在空中飞舞起来，一撞一开花，咄咄逼人："你们谁敢来呀……"

礼泉人的这种性格特点，在地属乾县却仅十里之遥的民国著名戏翁、诗人、书画家范紫东的作品里表现得淋漓尽致；在本县政治家、诗人符浩的笔下和作家邹志安、郑彦英以及同样地属乾县却近在咫尺的程海、杨争光的作品里都有突出的呈现。

历史上礼泉人的性格弱点也很明显，守成意识，长时期的封闭状态，眼界和思维受限，知识结构欠缺，既无殖民文化的污染，亦乏现代文明的融入。地土不肥不瘠，气候不热不冷，人口不多不少。只要肚子不饿着，就不爱动弹，安于现状懒洋洋，连茅盾先生也不客气地说"西北人懒惰"。土地崇拜、"三十亩地一头牛，老婆娃娃热炕头"是普遍向往的田园诗、理想国。所以，满足现状惧怕挪盆动罐儿，闯荡江湖舍不得热炕头，总难摆脱小农意识的纠缠。尚侠好义，安土重迁，苦撑硬干。"不喊不闹，不叫不到，不给不要"。不惹事，不怕事，万不得已不发作，发作起来天不怕、地不怕。义气与老气、豪气与蛮气、侠气与匪气、节俭与小气、急功好义与拼命硬干相依相伴，传统的美德与家教的守旧、吃苦耐劳与保命哲学、对土地的崇拜与对惰性的宽容、对命运的抗争与对神鬼的依附、对小日子的眷恋与走四方闯天下的冷漠相反相成，正直与保守、厚重与落后相悖存。

莫言的文学诡谲奇倔，特别是《晚熟的人》

新潮逼人，尽管冯牧对《班主任》《红高粱》以来的创作推崇备至，他们仍然声称要"跟我的老师分道扬镳"。

当一批新锐作家冒出来挑战冯牧的"革命现实主义"时，老师茫茫然。

2001年，我参加第二届冯牧文学奖发奖会，获奖作家莫言回忆说，他和冯牧见过三次面，第一次在1984年，冯牧讲课，"我们中的一些人很不高兴"。第二次，1985年，《透明的红萝卜》研讨会上，"冯牧先生很不高兴"。第三次，90年代，"这时的冯牧已经由一个威严的领导变成一个慈祥的老人"——莫言道出十多年来文学创作的一波三折。

莫言反复强调，真正的文学不是替天行道、杀富济贫，而是站在全人类的高度。《蛙》很现实，直逼国人的灵魂，《红高粱》《天堂蒜薹之歌》和《酒国》浪漫夸张接地气，并不魔幻，我非常喜爱。

但是，对莫言的批评不绝于耳，他们黑莫言，说他暴露国人的愚昧和粗鲁。

恩格斯把意识形态叫作"那些更高地浮在空中的思想领域"。同作为上层建筑的政治相比照，文艺反映经济基础和社会关系要曲折得多，"归根到底要作为必然的东西透过无数偶然事物……而获得实现"。所以，恩格斯评价巴尔扎克的小说时，着眼于法国当时的整个社会，而不仅仅看到法国保皇党的政治命运。"在这幅中心图画的四周，他汇集了法国社会的全部历史评价"，这就是面对整个社会生活的文艺！

当有人说莫言是叛徒时，王蒙激动了："莫言的作品善于揭露人性的丑恶，虽然以批判为底色，但是并没有真正脱离那个时代。现在很多年轻人批判他，其根本上还是因为他们没有经历过那个年代，他们的世界充满了真善美，却无法认识到濒临死亡时人心的丑态，也是因为莫言写得足够的讽刺和真实。"

莫言2011年开始撰写类似中篇小说的故事，2020年完成最后一篇，当年结集出版，书名《晚熟的人》，热销，已经印行了1 100 000册。

我很欣赏莫言自己说的这段话："晚熟！就是当别人聪明伶俐时，我们又傻又呆，当别人心机用尽渐入颓境时，我们恰好灵魂开窍，过耳不忘，过目成诵，昏眼变

明，秃头生毛。"我更认同《晚熟的人》里《晚熟的人》
一文里的这段对话：

　　"哥啊，大事不好了，"蒋二哭哭啼啼地
说，"两台推土机正在推毁我们的擂台和滚地龙
拳展览馆……"
　　"为什么？"我迷迷糊糊地问。
　　"说是'非法用地'，"他愤怒地说，"可
是我建设的时候，他们……"
　　"是不是真的非法用地？"我问。
　　"这事怎么说呢？"他吭吭哧哧地说，"说
非法就非法，说合法也合法……这地方是上世纪
六十年代划出去的'滞洪区'，可河水断流已经
三十多年了……"
　　"继续晚熟吧。"我撂下电话，摸回床去
睡觉。

　　他说："钱再多，房子再大，一生只睡一张床。"他
的捐款超过1300万元。
　　我已步入"鲐背"，也该反躬自问："晚熟"了没
有？
　　若就全人看全文，往简单的说，我以为：一，有一

个"饿怕了"的童年；二，有半辈子"斗怕了"的血光之灾；三，有"在场"亲闻亲见的故事和讲"讲故事"（奇离古怪的故事，或者故事本来就真实得奇离古怪）的天赋。三合一，锻造成一把钥匙，用这把钥匙，能够打开莫言艺术宫的宫门。

父亲晚熟　教之以诗　吾道不孤

　　1992 年，猴年，我的本命年。小时候叼着妈妈的奶头不放，妈亲昵地推搡着："多大的娃了，还……"转眼六十周岁。2008 年 8 月，七十六岁生日，适逢北京奥运会燃起圣火，声光化电，火树银花，上万人的体艺表演，力与技的极限竞赛，煞是好看，我却回望一生，眷恋故土。

　　人活多少是个够？但愿人长久，多活一天是一天，丢不下这个世事嘛！活着，就是人生；人生，靠精神活着。活着就要感恩父母，报效社会。

　　所幸家父尚在，年近九旬，孑然一身，自炊独处，于心不安。我将老父接到京城。老父在堂，晨昏定省，朝夕陪伴，推轮椅拔牙镶牙，接电源开电视播放秦腔，说话儿，解闷儿，买菜做饭，洗衣洗脚，扫地擦桌子，提壶倒垃圾，全方位的侍奉，集女儿、保姆、大少爷、小跑腿的职能于一身。我也吃惊：这么多的角色我竟然扮得有模有样，自己几十年形成的生活习惯瞬间打得粉碎。我自己吃饭简单，只要有面食和辣子就行，但给父亲的饭食必须清淡多样。我自己不爱洗洗涮涮，但每天晚上十点钟必须把水温适度的烫脚水恭恭敬敬地放置在电视机对面的父亲脚下；我再忙、再累，也要记着沏茶倒水，在父亲烫完脚后立即将水端走倒

右为作者父亲阎志霄

掉，等电视机屏幕出现"再见"二字时将电视机关掉扶老人上床。

父亲的起居饮食有章法，休息、娱乐、学习搭配得当，吃饭不过量，处事不过头，不偏不倚，中庸之道，不惹是生非。这也许是他长寿的秘诀。

父亲一只眼睛几近失明，另一只视力仅仅 0.02，但是读书看报，一只手捧起"砖头"，另一只手举着放大镜，将 32 万字的《雍正皇帝》齐齐扫了一遍。他还时不时地写点什么。一天，收拾他的小屋，一组文章映入眼帘：《从文庙说起》《礼泉妇女产销"五二布"》《私立键行小学

和隍庙小学简史》《礼泉县参议会始末》《忆"长安民众剧团"》《演出遇险记》《"铁血剧团"在礼泉》《巡回演出记盛》《县长夜剿自乐班》《我与康子安交往中的几件事》，以及记述当年在西安同秦腔名角友好交往的逸闻趣事的《说戏迷》等。父亲"五四"运动后将话剧舞台艺术引进陕西，文化先驱也。

父亲不迷信，不拜佛，不信教，不语怪力乱神之事。他大谈富国之道和健身之道，现身说法，论证富国之道在于改革开放，健身之道在于身心运动，心宽才能体胖。"胖"不当肥胖讲，心宽体胖之"胖"者安泰舒适之谓也，不信你查查字典。不管一天多忙，对他说来，出门溜达个大半天和端起饭碗吃两顿饭同等重要。他教导我们"忠于社会，孝敬父母"，提醒我们"孔夫子要继承，但孔夫子的孝道和妇道要打折扣。你们要经邦济世，与人为善，好事多做，不因一家之小而忘一国之大"。

新社会保健条件好，他要在短命的阎姓家族创长寿的纪录，从而以血肉之躯证明"心宽体胖""生命在于运动"的道理。他以为"死"是个遥远的话题，到时候不与活人争地，火化升天，飘飘欲仙，鼓盆而歌，移风易俗，保全人生的品格，何况自己还是县里的政协委员。

果不其然，父亲死了，丧事办完了，在四邻八乡留下一个世纪老人的完整形象；父亲死了，丧事办完了，结束了我们大家族一个新旧交替的时代。

回到礼泉奔丧，从气氛到气候出奇的冷，冷冷清清，天寒地冻，透心儿凉，白天手不敢伸出来，整个一宿脚腿冰凉，躺在父亲的硬板床上像是王祥卧冰。在北京时，一个老汉服侍另一个老汉，当儿子又当孩子，晨昏侍奉，作老莱子彩衣娱亲状，倒也活得自在。北京当老莱子，回乡当王祥，始知"二十四孝"之不易。我卧冰，父亲几十年在这里卧冰，礼泉人包括小时候的我都在这里卧冰，大家不都好好地活过来了吗！可是此刻，我实实在在觉得很冷很冷。可怜的父亲，怎么度过生命最后的一刻？你水米不进，辗转反侧，起来坐下，坐下起来，不声唤，不喊疼，神情恍惚，憧憬另一个世界亲人重逢的欢乐景象。

父亲生性平和，喜爱文艺，热心公益，宁肯吃亏也不抗争。他的人生哲学是"善"，处世哲学是"忍"，行为方式是"和"。人家是"小不忍则乱大谋"，他是"忍"字头上一把刀，一辈子没有跟人吵过嘴、打过架。他的这套律己箴言，加上母亲勤俭持家与更为和善的行为准则相得益彰，融汇而成我家的家教家风。父亲不斥责人，也不习惯堂前训谕，因此，对我等一脉相传甘愿接受家教家风的约束表示满意，但是对我在运动中一忍、再忍、忍无可忍，或咆哮公堂，或打笔墨官司鸡蛋碰石头颇不以为然，即便反抗有效，也不赏识。在父亲看来，天人合一，天下为公，人们生活的这个世界，是个谁也离不开谁的统一体，所以人和人要相亲相爱，多行善事。

他是"性善"论者，认为以善戮恶不如以善制恶、以善化恶，尽可能避免以牙还牙，万万不可结下世仇；既然人性善，那么，人与生俱来的天良终归会被自己发现，到头来善恶必报，得以善终。他认为国家领导人说"多给群众办实事"说得好，唯善，得人心、得天下。他在县上做政协委员时走街串巷，大会小会不厌其烦，建议尽快修建环城公路，解决群众行路难这一最为迫切的问题，县上的人都知道阎老先生积德行善，三句话不离修桥补路。

返回北京后，空空荡荡，总觉着父亲还在小屋里正襟危坐，大睁视力加起来只有 0.5 的双眼，手执放大镜，像在地上寻找绣花针一样地读书看报。我不由自主地走上前去向他请教学问，问他"日出而作，日入而息，凿井而饮，耕田而食"后面一句是什么时，他说"帝力于我何有哉！"接着说："孔子曰'七十，从心，所欲不逾矩'，但人们句读错了，断成'从心所欲，不逾矩'。"父亲顿时兴奋起来，说他从小喜欢《击壤歌》，喜欢得不得了；稍长，更喜爱光焰万丈的《卿云歌》，尤其是最后四句"蘉乎鼓之，轩乎舞之。菁华已竭，褰裳去之"。尧舜让国，祥云万里啊！他解释说，1922 年，大总统徐世昌定《卿云歌》为中华民国国歌，仅四句："卿云烂兮，糺缦缦兮，日月光华，旦复旦兮。"万众习唱。刘大白创作的复旦大学校歌也本乎"卿云精神"："复旦复旦旦复旦，巍巍学府文章焕，学术独立思想自由，政罗教网无羁绊，向前！向前！向前进展！复旦复旦旦复旦，日月光华同灿烂！"摇头晃脑吟诵已毕，室内荡起父亲平时少有的爽朗笑声。

一次，他给我念了张学良接受采访时的一段谈话。张学良说："夫子之道，忠恕而已。人应该原谅人、体贴人。这是我的脾气。"张氏此言，父亲激赞不已。

还有一事让人感动。父亲的大学教授堂弟、我的叔叔阎景翰，将近七十，仍然过着旷夫般凄惶的日子。十多年前，婶婶半身不遂，卧床不起，叔父端屎倒尿，年复一年，岁月催人老。一天，父亲要我给叔父的女儿、儿子，我的弟弟、妹妹写信，叫他们着即准备给父母办理离婚手续，说"此事甚急，万勿延误，造成终生恨事"。"一个活人，从四十多岁到六七十岁，过着不是人的日子，这不合人的本性。我是哥哥，趁我还活着，就得管管。新社会了，儿女们会替父母着想，病人照样能够得到精心的护理。"父亲当时很动情，说起话来嘴唇直打哆嗦。这件事，我什么时候想起来什么时候感动。

父亲身上，儒家的忠恕、佛家的诚善和墨家的兼爱兼而有之，缺少道家的空灵和庄子的才分，他把"文质彬彬然后君子"、道德文章琴瑟和谐的希望寄托于后辈子孙。他代表一个时代、一个家庭，一段历史、一个过程，在他的主持下，这个家庭顺乎潮流，跟上时代的脚步。

此刻，出奇的空旷，父亲又出现在电视机前，摇头晃脑、击掌打拍子悠然自得，步履蹒跚的身影还像以前那样在我眼前慢慢地、轻轻地移动，目光里充满着述说不尽又无从述说的情义。"该吃饭了！""还不休息？"一天到晚平平常常的两句话，对父亲来说，是诗，对我来说，也是诗，是天机自动，是天籁自鸣，是只有我一个人才能读懂的、永远在这房间里回荡、永不消失的父亲的歌。

人去楼空，音容宛在。

父亲死了，寿终正寝，家史的一页掀过去了，上接的一代断裂了，一个人所标志的时代终结了，从此，一个大家族彻底解体了。作为人子，不理解形而上的父爱就是不理解传统，就不会形而下地以父爱爱子。现在，一大家人分而居之，天南地北，多少年难得一见，各有各的家，各有各的一套，田园牧歌式的、宗法森严的"四世同堂"早已成为历史的陈迹。所以，父亲对于儿子的儿子和儿子的儿子的儿子，即第三代、第四代或者第五代的影响，只能通过我们儿子一代即第二代发生作用。文明社会家庭嬗变兄弟"单过"的走势，使得族权象征的老爷爷的形象在各自为政的"诸侯国"里迅速淡化。在第二代兄弟姐妹之间，老人不过是维系孝悌忠信的一条似无却有的纽带；对第三代、第四代、第五代来说，老人只是个抽象的符号。所以，尽管子子孙孙绵延不绝，属于他老人家这一血脉的大大小小有好几十口子，可是，叫谁来侍奉堂前都不可能，非不为也，实不能也，不是不情愿，而是动不了。寿星老儿感到孤独，成了飘零者、多余的人。老人越是长寿，按世俗的说法越是有福，本人之福、子孙之福；然而，老人越是有福，越感到寂寞，新生代越觉得陌生。所以，老人升天，纽带中断，象征消失，大家庭解体，接下来的，是大哥和我，在子子孙孙、孙孙子子、传宗接代、生生不息的各路诸侯之间继续充当族权的象征和亲情的纽带。

寂然，凄然，但未必不是社会的进步。

我决定搬进父亲住过的这间小屋，我现在已经躺在父亲睡过的木板床上。我尽量做着同父亲一样的梦，潜心体验作为人祖的老人一生的情味和他弥留期间复杂的心态，继续坚守自己的诺言："人活着靠精神，人死了留下精神，人死也要死得有尊严、有精神。"在我离开这个世界的时候，不辱父教，恪守家风，也像父亲一样不与人间争地，不给后代添麻烦。我，一介书生，身无长物，没有给儿孙留下什么，也不想叫他们为我奉献什么，再难受、再痛苦，也不哼哼、不声唤，免得儿孙们看见难过，眼睛一闭，走人，任事不知，灰飞烟灭，骨灰也不留。"儿孙自有儿孙福"，该干什么干什么，死了拉倒，有你没你一个样，就像父亲他老人家临终时泰然处之，让床边的后辈们自个儿去琢磨、去理解的那样。

可怜的父亲，越是长寿，越有零落之感，可是，谁也没有多嫌过他。在这个喧嚣的大家族中，他孤独，然而，他晚熟，"吾道不孤"，已经十二万分地满意。

错把"冤魂"当"村魂"

　　读农民作家乔典运的《村魂》，真想大哭一场，哭"村魂"，哭那不成其为"村魂"的、可笑的灵魂。

　　张老七是个老农，然重诺，死心眼，服从变成盲从，笑话百出。他既正直又古板，既愚昧又忠诚——愚忠！

　　作品中关于张老七砸石子的描写非常有趣。石头到底砸多大合格，鸡蛋大？核桃大？张老七要为村民做出榜样，一色的"指头蛋大"。他砸得手指红肿、手背出血，验收却不合格。信而见疑，思而获罪，冤哉枉矣！

　　被历史嘲笑是因为被"上级"糊弄。

　　"听上级的"难道有错？但是"上级"错了呢？"上级"糊弄你怎么办？张老七的信条是"宁可他哄咱，咱也不能糊弄他呀！"

　　张老七的砸石子让我想起阿Q的画圆圈。他画得何等认真，画得再圆又有何用？

　　阿Q认为既然让他画圈就要做出能够画圆的样子；张老

七认为既然要他砸石子就要砸得非常合格。阿Q信奉"精神胜利法"，张老七恪守乃父临终遗训："当个人，死后能落个叫人家哄了一辈子的名声，也比落个哄了别人一辈子的名声好得多！"

张老七既令人发笑又令人同情，既被人尊敬又让人嫌弃。自以为老老实实替群众办事，却严重地脱离群众；忠心耿耿献身"上级"，却为"上级"所不齿，成为假革命的牺牲品。

在我国当代文学史上，农民作家乔典运的出现意味深长。乔典运深深地扎根在庄稼地里，虔诚地拜倒在历史老人的膝下。乔典运有意以农民代言人的身份替农民说话，却绝不为农民护短。乔典运在农民的历史性的悲剧里面升华喜剧，又于喜剧里蕴含着史的悲哀与教训。乔典运的作品诚实朴素，幽默厚重，无疑是我国改革开放时期农民的处境和心理的一面镜子。

弥留之际，老乔委托来京开会的西峡人务必找到我，说："你们一定替我向我老师遥致问候……"我哽咽，只顾抹泪，说不出话来。

《"小的儿"》为何吸人眼球、感人肺腑、赚人泪水？

　　林希很会说笑话、讲故事，《"小的儿"》拿起来就放不下了。

　　可小说家哪个不会讲故事啊？林希讲的，却是受难时的种种趣事。听朋友柳萌说，林希给他说他"劳改"时在河里洗澡，被一群姑娘们看见，夸他皮肤白嫩，边说边形容，逗得人们哈哈大笑。在场的汪曾祺不禁用天津话说了声："林希，你真哏儿呵。"随后，汪曾祺又说："这是苦难中的幽默，含泪的笑话。"

　　林希在一次答问时说，德沃夏克的《自新大陆交响曲》贯穿着民族的情爱，多少年不知道感动过多少人，直到今天，我听到这首乐曲，仍然潸然泪下。到底什么力量打动万万千千人的心？正是捷克民族深深融进捷克每一个捷克儿女心灵中的精神力量，这种力量不会泯灭，永远激励着整个人类。我更因自己血脉中有这种力量而骄傲，自强不息。

《"小的儿"》大起大落，几起几落，一损俱损，一荣俱荣，"'小的儿'胜了，娘败了！"树倒猢狲散，只剩下侯门林希侯红鹅，"孩子，你要给娘争这口气！"

　　当我读完《"小的儿"》最后一大段话之后，神使鬼差地想起《红楼梦》来，林希原名侯红鹅，《"小的儿"》不就是侯家的"红楼一梦"么？

　　"在山西大同府，我们住了三年，最后母亲一病不起，在我十三岁的那年，就离开了我们，当时守在她旁边的，只有我一个人。'小的儿'胜了，娘败了，孩子，你要给娘争这口气！"

　　"我记着母亲的话，直到今天。"

　　这就是侯府的"红楼一梦"！

　　林希说："莫非老儿林希也妄言要写《红楼梦》乎？不敢！我等多少尚有自知之明，总不至于疯言疯语说自己顽石补天也《红楼梦》了。"

　　他说百无聊赖写小说，写小说以自娱。虽然也曾于大荒山无稽崖炼成顽石一块，但决不做补天之石，被放在山崖之下，其用意只在促我脱胎换骨，重新做人，可惜工夫负了有心人，一倒在床上，睡梦中依稀可见的依然是儿时的小哥小弟，梦境中相依相偎的仍然是可亲可爱的阿姐阿妹，梦中醒来，枕边泪痕斑斑。我愧对母亲教诲，有负父兄托嘱，于是，才忽而想起炮制小说，重温先母"人类相亲相爱的本性不会泯灭"之教诲，寻找人世早已绝迹的美丽情爱。

莫说补天，就连垫地也不是材料。

无才补天，却补了"文革"过后寂寞的文坛，轰动一时。评委两次投票都是全票，获第一届鲁迅文学奖，译成英法文介绍到国外。

无才补天，却提供了大量生动鲜活、取之不尽的电影和电视连续剧的创作素材。

导演告我，贾平凹的《暂坐》已被买断改编电影，《"小的儿"》要是上屏幕上电视连续剧，我敢说，观众肯定爆棚。

我想起《红楼梦》中，贾宝玉最后被茫茫大士和渺渺真人收走，想起侯门无才补天香消玉殒的"红楼一梦"，穷得只剩下大门楼，"'小的儿'胜了，娘败了，孩子，你要给娘争这口气！"

吃喝嫖赌抽，坑蒙拐骗偷，通脱率性，生死无常，嬉笑怒骂，妙语连珠，有滋有味儿。

《"小的儿"》能不吸人眼球感人肺腑赚人泪水？

情人与情书

　　柏杨十八岁，平生第一封情书密密麻麻五张信纸，小心翼翼地贴上邮票投入信箱。没料到，信被退回，更没料到在来信的上方写道："你不好好用功，却给女生写信，我们已经把它公布到布告栏里，看你以后还敢不敢！"柏杨崩溃了。

　　孙犁给恋人写信112封，十余万字，装订成五册。临了儿写道："后来变故，却用来生火炉了。"

　　杨骚的儿子杨西北亲口告诉我，他父亲给白薇写情书179封，我问他父亲与白薇的关系时，杨西北说，父亲与白薇阿姨从相识到相爱，缠绵爱怨，你从《昨夜》里179封情书中可以看到。但是父亲和阿姨在一起，痛苦比幸福多，分手是迟早的事。

　　书信体的作品最见人心，更何况情书。我国自古发来即有尺牍文学，如司马迁的《报任安书》，李陵的《答苏武书》，嵇康的《与山巨源绝交书》，诸葛亮的《出师表》，李密的《陈情表》，夏完淳十六岁不屈而死的《狱中上母书》，林觉民的绝命书，等等。又如鲁迅的《两地书》，明星的情书，老舍、苗子的遗书，还有胡风被定为暗藏反革命罪的书信，等等。

徐志摩给陆小曼写情书，有时一天一封。"我心头平添了一块肉，这辈子算有了归宿！看白云在天际飞，听雀儿在枝上啼。忍不住感恩的热泪，我喊一声天，我从此知足！再不想望高远的天国！"

老舍的恋情很悲催，情书写了不少。"让我们想法子逃到遥远的地方去，找一个清静的住处，我著书，你作画，与清风为友，与明月为伴，任天塌地陷，我们的爱情永生！"

白居易的《长恨歌》也是情书。十九岁时与小他四岁活泼可爱会写诗作词的湘灵初恋。二十九岁时两次请求结婚被母亲拒绝。后被贬江州途中，遇见漂泊的湘灵，四十岁了，还未结婚，二人抱头痛哭，长达三十五年的悲剧至此结束。有人说《长恨歌》歌颂明皇和贵妃纯真的爱情，非也，许多诗句明明不是歌颂而是怀念。"在天愿作比翼鸟，在地愿为连理枝。天长地久有时尽，此恨绵绵无绝期。"尺牍文学能够透视人性隐秘的深处，直击赤裸裸的灵魂，更何况情书！情书往往海誓山盟："是日何时丧？予及汝偕亡！"

徐志摩虽然表白"我从此知足！再不想望更高远的天国！"但是，人有旦夕的祸福，不幸空难，"不再想望"。郁达夫给王映霞频频写情书，被认为是"两代文学史中最著名的情事"，到头来却以悲剧收场。

张兆和是三小姐，张家最出色的女儿。熟读四书五经，英文流利，通音律、习昆曲、好丹青。她在中国公学读书时，走到哪里都会获得超高的回头率，每天收个几封情书，有时高达几十封。张兆和并不上交，也不拆封，只将写情书的男生都编上号码，分别是"青蛙一号""青蛙二号""青蛙三号"……后来每日的几十封情书中，有一半出自她的文学讲师"乡下人"沈从文。

他爱得发疯，他甚至可以为她去死。

沈从文为张兆和写了四年情书，一天都没落下，跨越几十年的时光，在面对象征爱情女神的张兆和时，沈从文的笔端流淌出绮丽文字。可在十八岁的少女张兆和眼里，沈从文的情书连篇累牍，让她不胜其烦，概不回复。

胡适把张兆和叫到校长办公室，告诉她沈从文是个天才，是中国小说家中最有希望的，而且是个好人。张兆和说自己并不喜欢沈从文，胡适有点着急，大声对张兆和说："你要知道，沈从文是在顽固地爱着你啊！"而张兆和也大声地对校长说："我也是顽固地不爱他啊！"

几经曲曲折折，张兆和坚如磐石的心终于动摇了。

"他的信写得太好了！"四年的苦恋，终于通向婚姻。

王雁如说："爱是诗歌的灵魂，能读出人性的本真，让人激情满怀。读诗、写诗成为我不离不弃的情人，让我忘记烦恼、淡泊名利、升华精神。"

我问过王蒙："你写过情书，会过情人吗？"

王蒙说："你我那年一路叫卖，路过晋祠，不系舟前，大槐树下，就是我和情人约会的地方，她叫崔瑞芳。我严于律己，清正廉洁，目不斜视，逃避女色，她跟我一生相伴，受苦受难。"

王蒙也说过："我热爱生活超过热爱我自己……生活是我的创作基地，长篇小说是我的情人。"写情书，会情人，上下三十年，纵横七千里，访问过60多个国家，成就《王蒙文集》50卷。他开玩笑说："五十卷，我得起用起重机了。"之后，仍然笔耕不辍，说："一拿起笔，细胞好像都活跃起来。"

情书的喜剧：好一个狗嗳子

在太原，经李国涛介绍，我读了一篇相当不错的短篇小说《在九曲十八弯的山凹里》，作者权文学，发表在刚刚出版的《山西文学》上。

我乘兴把它推荐给同行的王蒙和崔道怡，他们同声叫绝。这篇充满笑料但促人深思的作品，给我们的太原之行增添了不少情趣。

王蒙遇见我们，总要学着那位俊媳妇的腔调说："太不可思议了！""太原始了吧！"我们一阵笑声。接着，他又学狗嗳子的口吻说道："我可以走了吧？你不走怎么着，莫非还想让谁管你一顿饭？天生的贱！"

虽是作者从山坳里抠出来风味小品，却深沉。

作者发现了一个独特的性格。他不是江苏的陈奂生，不是贵州的冯幺爸，不是河南的黑娃，也不是关中的愣娃，而是山西的从此而得名的狗嗳。"嗳"者吐也；"狗嗳"者，狗都不吃、吃了就吐之谓也。

狗嗄子按传统的"乡规"拆看了一封情书，被俊媳妇告了状。审案人越是怒不可遏，狗嗄子越是莫名其妙，读者越是忍俊不禁。

事情显得如此的有趣、不协调、可笑和难以理解！俊媳妇气得牙根痒痒，下乡干部瞪起"圆豆眼"，狗嗄却觉得寡淡之极。"为啥要拆信？"他想笑，"把他的，这不是白糖开水话吗！那你为啥要吃饭？还不是想呗！"当事情已经弄到触犯刑律，"按照法律要处一年以下有期徒刑"的时候，他简直被击懵了："咋日鬼的，咱烧香就关庙门！别人拆信赏烟抽，轮到我就蹲班房？""我可没挨碰过她的身子！"所有的山民都惊呆了，觉得狗嗄子这场官司吃得屈。

不就为一封信吗？多少年来，山坳里兴的就是这乡规呀！

为一桩最让人叫不起兴的寡淡事问官司，山民们觉得可笑。

那么，到底谁可笑呢？难道仅仅是以狗嗄子为代表的山野乡民吗？

那位审案子的下乡干部也很可笑，他太不善于做人的工作了。他是县司法局的主任，只知道私拆别人的信件犯法，却不理会本县乡规乡俗，不考虑什么人在什么情况下为了什么拆什么人的什么信，动不动"放老实点！""老实些！""你是要顽抗到底了？""准备进城蹲班房……"像审问罪犯一样，难怪狗嗲觉得这个"圆豆眼"没水平。这位主任哪里像是检查落实"文明礼貌活动"的既讲文明、又有礼貌的人！这个人的作风简单，太粗暴，令人发笑。

最可笑的是落后、愚昧和如此这般的乡规乡俗。

九曲十八弯的山坳里出现了屁股瓣一愣一愣的"桃花苞"，蜗居在偏远而古老的小天地里的山民们舍得花钱置办穿戴。这里有人引吭高歌"八十年代的新一辈"，也有人苍凉地招魂叫喊"四女哎——俺孩回来呀！"他们口里说着时兴话"五讲四美"，老槐树上却贴着"天皇皇，地皇皇，我家有个夜哭郎……"他们无聊时就看狗咬架、猫上树，总之，这里毕竟太偏僻，太遥远，这里的人毕竟野惯了！

无怀氏之民欤，葛天氏之民欤，这九曲十八弯的山坳里？

然而，时代变了，变得很快，也变得很难。穷够了的山民们"富得流了油"，真有点土包子开洋荤。不管怎么落后，狗嗲子毕竟戴上电子表，穿上三接头，还要照俊媳妇裤子的成色和样子给孩儿他娘买上一条。

这是一个新旧交替的时代。

这是一个盼精神文明如饥渴，又视精神文明为怪物的新旧交错、美丑杂陈、五光十色、五花八门以致使人感到眼花缭乱、非常可笑的"蛮荒"之地。

传统是动力也是惰力，传统道德面临挑战。新鲜的玩意儿有时像风一样吹来，有时像水一样渗透，有时像迎来的贵宾，有时像不速之客，有时像洪水猛兽。人们对它感到新奇、愉悦、茫然、反感、惊愕甚至恐怖，喜怒哀乐，一应俱全，五味瓶打个粉碎。旧习惯成了桎梏，现代文明正在破坏田园牧歌。抚今追昔，瞻望前途，人们也许不寒而栗：国粹在哪里？出路何在？

物质文明的建设必须伴以精神文明。狗嗳子过富了，舍得花钱，"无论如何明天得进一趟城了，除了买皮鞋，手表也该换一块了"。我想，有朝一日，他会抱一台电视机回来；收音机、电视机会帮助他提高文化知识水平。到了那时，他自然会摒弃私拆信件的传统乡俗。即便拆了别人的情书，也不会重现这么愚昧的喜剧。

崔道怡认为小说的最后不够完整，我也感到结尾部分似应有点睛之笔，使作品的主题有所升华。我以为，作者把这个山凹处理成根本没有电视、狗嗳子最后向往电视（活电影）更合理、更富理想。王蒙不以为然，他说结尾部分尚可，当然还可以改得更好，不过，不改也罢。但是，我们一致的意见是下乡干部有些脸谱化，打鬼的描写近乎胡闹，题目太长，文绉绉，同作品的风格不相协调，有的建议改成《违宪》，有的建议改成《拆信》，有的建议改成《在山凹里》或《顶顶有趣的事》，但都不尽如人意。

"'我可以走了吧？'你不走怎么着，莫非还想让谁管你一顿饭？天生的贱！"又是一阵痛快的笑声，王蒙笑得前仰后合。他已经读过第三遍了，足见其喜爱之情。作者的语言口语化，生动活泼，表现力强，尤以山西农民特有的幽默之风令人叫绝。他信手拈来，涉笔成趣，装龙像龙，装虎像虎，妙语惊人，妙笔生花，对生活熟透了。这样的作者，我们异口同声把他称赞。

我翻开原作又读了一遍，《小说选刊》选了这篇小说。我是不是对这篇小说太偏爱，以致连同狗嗳子身上落后的东西也无条件地同情起来？

我想起契诃夫写给阿·谢·苏沃陵的信中的一段话。他说："您希望我在描写偷马贼的时候应该说明：偷马是坏事。不过话说回来，这种话就是我不说，别人也早已知道了。让陪审员去裁判吧，我的工作只在于表明他们是什么样的人。"他又说："为了在七百行文字里描写偷马贼，我得随时按他们的方式说话和思索，按他们的心理来感觉，要不然，如果我加进主观成分去，形象就会模糊，这篇小说就不会像一切短小的小说所应该做到的那么紧凑了。我写的时候，充分信赖读者，认定小说里所欠缺的主观成分读者自己会加进去。"

喻杉十九岁，铁凝二十五岁，蒋子龙四十一岁

1982年，一年一度的短篇小说评奖来了，春也来了。

当得知蒋子龙深沉的《拜年》置于篇首以后，我庆幸1982年的短篇小说有了领衔之作。

当得知喻杉（女，年仅十九岁！）的《女大学生宿舍》，铁凝（女，二十五岁！)的《哦，香雪》英气逼人，出名之早，我抑制不住喜悦之情大声叫好。

上次评奖后，我担心1982年的短篇小说创作能否注意反映社会矛盾，清除"无冲突"论的影响，现实性和时代精神是否加强。现在看来，大可放心。像《拜年》、《火红的云霞》和《漆黑的羽毛》这样的触世之作今年多了起来。《拜年》幽默得够调侃够讥讽了，蒋子龙早熟，四十一岁就看透了目力所及的人情世故。

上次评奖后，我们也担心今年短篇小说创作的艺术质量能否提高。这个顾虑也可以打消。《哦，香雪》清新细腻，有人性深度，一经面世即一新人的耳目。《拜年》

在选举结束时出其不意，那副既是讽刺、又是哲理、又是打油的对联，令人一唱三叹。《这是一片神奇的土地》于妹妹墓碑上出现一束达子香花，坟前站立了个陌生的凭吊者。一切都很明白，又不就此了然，留有余香。

去年评奖后，我还担心社会主义新人的塑造会不会引起足够的重视。现在看来，担心也是多余的。这次得奖的二十篇作品中，大部分塑造出鲜明的新人形象，这才是评奖最为丰美的收获。

提出塑造新人形象的问题已经两年了。问题提出之初，有人颇不以为然，说自己在生活中并没有发现新人，因而难以下笔。现在，事实胜于雄辩，并不是生活中没有或缺少新人，而是我们缺少发现新人的眼睛。

写作实践中，我也发现恩格斯批评的"席勒式地把个人变成时代精神的单纯的传声筒"，"为了席勒忘记莎士比亚"的现象。因此，我们注意发现崇高精神的英雄外，也不忽略那些激越壮烈的悲剧英雄。

蒋子龙发表《拜年》的当年，就在我所供职的《人民文学》发表小说《乔厂长上任记》，乔厂长立下军令状，大刀阔斧推行改革。岂料"四人帮"的写作班子"梁效"发难，指责《乔厂长上任记》为下台的邓小平翻案，痛批右倾机会主义。蒋子龙拒不检讨。1983年《小说选刊》问世，他的短篇小说《一个工厂秘书的日记》在《小说选刊》创刊号头条亮相，并配发了我的短评《又一个厂长上任了》，蒋子龙感谢我对他的理解和支持。

蒋子龙风格雄劲，热情奔放，行文犀利，兼有论辩性和哲理性，"就工业题材说来，文起当代之衰，开一代新风"。

粉碎"四人帮"，张一弓的《犯人李铜钟的故事》几经周折后获奖，人们猛然醒悟："文革""极左"，绝非偶然。张一弓要我为他创办的《热风》题词，我欣欣然，一挥而就："张天翼说现代文学在续写阿Q，事实证明新时期文学又在续写阿Q，可能还要写李铜钟。"

往后再要我题写，我一定加上一句："还有蒋子龙的《农民帝国》。"

国家授予蒋子龙"改革先锋"的称号。

回头再说喻杉，着实地巧啊！作家陈为人一行出国路过北京，到"杉园共识"做客，也请了邵燕祥、钱理群、丁邢夫妇和我出席。燕祥题字："江南游子，把吴钩看了，栏杆拍遍，无人会，登临意。"我题："《诗》三百篇，大抵贤圣发愤之所为作也。"

"杉园共识"饭前有个规矩，要敲开饭鼓，由年长者敲。我拿起鼓槌激越而铿锵，四座皆惊。

原来，"杉园共识"的园主就是喻杉，年仅十九岁创作《女大学生宿舍》，我曾著文为之"大声叫好"。一老一少，相执良久，几乎跳起来。又是四座皆惊。

第六辑

郭小川偷天火点燃自己，中国有几个郭小川？

1975年，长达六年的湖北咸宁文化部五七干校被撤销，我们几个分配不出去、丢弃在"五七大路上"的难民，由湖北咸宁迁徙到中国文联另一个五七干校——天津静海团泊洼文联五七干校。干校右边是劳改农场，左边是右派农场。郭小川先期到达，由江青指定设立的专案组隔离审查，两年多不准回家，申请到天津拔牙也不准，长年住在养鸽子的平房里。我又跟郭小川在一起了。

小川还是小川，一个落魄的老革命和真正修炼到家的老诗人。山高皇帝远，团泊洼重逢，我们聊了许多，主要是政局和艺术、治学和做人。暗地里，他写《团泊洼的秋天》，惊世之作，广为流传。

真正的人不压迫人也不受别人压迫。

真正的人同受压迫的人同命运。

真正的人生活在恐怖诡秘的时代却跟不幸的贱民打成一片。

真正的人生活在天下相率为伪的时代不但不说假话不沉默而且说真话。

真正的人生活在"文死谏、武死战"的时代不但勇敢地写出而且冒险地递上。

真正的人在万物凋零的时节以衰弱之躯传递着生的消息。

郭小川笑口常开，笑自己从前的可笑，笑有人现在仍然可笑。

他的笑不但愤怒而且轻蔑，不但呐喊而且讥讽，内心却很痛苦。真正的人长着两颗心：一颗流血，一颗燃烧。

最后，用自己手中偷来的天火点燃了自己。

守护尊严：死还是活？

一、屠岸终于像历经试炼的善人约伯那样被保护下来

女儿阎荷去世，我写了《我吻女儿的前额》，屠岸很伤心，当读到他自杀倾向的那一瞬间时，我更伤心。

在反右的压力下，屠岸患上忧郁症，"文革"又起，他不想活了。"我已经把脖子伸到绳套里试了试，但我最后没有死，因为我看到我四岁的女儿、我最宠爱的小女儿她也看着我，她不知道我是在寻死觅活，她看着我的眼神里充满了依恋，我感到她很爱我，我不能走，不能让她当孤儿。""我也怕死，但我遭受的精神侮辱太厉害了。人格全部扫地。那时，死亡对于我来说是尊严的，亲切的，甜蜜的，我想要去追求它！"

像达摩克利斯之剑一样悬在头顶的精神虐待，不论是他虐还是自虐，都远远超越了皮肉之苦，此刻，也只有恐惧达摩克利斯之剑行将掉落的紧急时刻，他便渴望自杀，"想到死神就有甜蜜的感觉。可是我不能去追逐甜蜜，我

还要继续忍受苦难"。

读到这些地方，我真正理解了父女之情，真正理解屠岸对我的理解。我流泪了，和屠岸相执、相拥同一哭。

虽然两次"自杀"，屠岸还是挺过来了，思维敏捷，生活规律，不生闲气，每日坚持七小时工作，文章老更成。

中国能有几个屠岸这样的作家艺术家？屠岸终于像历经试炼的善人约伯那样被保护下来，国家之幸，文坛之幸！

二、女儿痛苦而镇定的神态令人灵魂战栗

女儿阎荷痛苦而镇定的神态令人灵魂战栗，激发了我的写作灵感，纪实文学找我来了。

七百个日日夜夜可作证，女儿在饱受五大病痛的暴虐以及生离死别的考验面前，完成了生命史上最后的跨越。

死不可怕，可怕的是怎样尊严而深刻地度过死前的时光。女儿很痛苦，说："不论你们说我多么坚强，我再也坚持不下去了，可我还得为你们坚持……""陆刚，你放心，我不怕，真的不怕。我不会泪流满面同你们告别。我走了，不要开会，不要建墓，找个人好好过日子，把丝丝带大。"

当着人面，她没有掉过眼泪，你安慰她，她反倒劝慰你。她的病床是个安乐角，什么心里话都可以向她倾诉，在亲友们为她纠结不安时，她就拿丈夫开涮，或者讲笑

话，让人立马忘掉眼前的一切。

失去自己所爱的人，是人人必经的伤痛。女儿留给我的不仅仅是极大的伤痛，还有亲情的温暖和人格的尊严。

纪实文学来了，好啊！我一边落泪，一边记述，写写停停，停停写写，历时六年，完成《美丽的夭亡——女儿病中的日日夜夜》，用自己的生命为女儿安魂，替女儿报恩，作灵魂的全程回放。

柳青：深入生活、扎根人民

　　《创业史》主旨深刻，文采熠熠，亲切感人，陈忠实称他伟大，路遥称他为精神教父，都读了七遍；邹志安刻骨铭心，也读了几遍。

　　我六访柳青。

　　毛泽东的《讲话》（《在延安文艺座谈会上的讲话》，简称《讲话》）指出："不熟不懂，英雄无用武之地""观察一切人"，然后进入创作过程。柳青响应《讲话》的号召，深入生活，深入陕人的灵魂，在长安县待了十四个年头，日日夜夜！

　　《讲话》阐述了文艺与生活、与政治、与战争、与大众等的各种关系，明确地指出文艺的方向是"为最广大的人民群众服务"。最经典的文艺的方法论是："中国的革命的文学家艺术家，有出息的文学家艺术家，必须到群众中去，必须长期地无条件地全心全意地到工农兵群众中去，到火热的斗争中去，到唯一的最广大最丰富的源泉中去，观察、体验、研究、分析一切人，一切阶级，一切群众，一切生动的生活形式和斗争形式，一切文学和艺术的原始材料，然后才有可能进入创作过程。否则你的劳动就没有对象，你就只能做鲁迅在他的遗嘱里所谆谆嘱咐他的儿子万不可做的那种空头文学家，或空头艺术家。"

毛泽东的《讲话》是柳青的"圣经"，柳青是《讲话》最虔诚的践行者。

正是根据这一经典的启示，柳青的《创业史》实现了突破，创造了奇迹。

柳青得到领导的热情支持，告别大城市到陕西省长安县皇甫村一座破庙里落户，沉到农民的最低层，不领工资，不领稿纸，布衣粗食，却预支稿费捐赠给公社建医院。经过长达十四年的观察和切身体验，柳青塑造出梁三老汉、梁生宝、郭振山等新的人物典型，终于修成当代文学史上的一座大山。

柳青觉察到"共产风"的危害时，奋笔直书《狠透铁》，说"这篇小说是我对高级社一哄而起的控诉"。又说"不能只看政治，不看生活"，"绝不能用行政命令把农民赶到共产主义"。

柳青继承遗产又突破遗产，刻画人物个个变成浮雕，地道的关中方言被提升到审美层次，同时借鉴欧化语言，找到自己的高容量的句子。

柳青艺术的重要遗产是《创业史》，《创业史》的精髓是民国十八年年馑"拾老婆"的《题叙》，《题叙》是柳青艺术的活宣言，蕴涵着艺术辩证法，潜藏着社会关系的一切秘密，百读不厌。

　　《题叙》的结尾，"听说生宝入了党的时候，老汉受了最大的震动，在炕上躺了三天"。可是到了《创业史》的结尾，"梁三老汉提了一斤豆油，庄严地走过庄稼人群。一辈子生活的奴隶，现在终于带着生活主人的神气了。他知道蛤蟆滩以后的事儿不会少的，但最替儿子担心害怕的时期已经过去了。"

　　让我们纪念柳青，深入生活，扎根人民、了解人民、讴歌人民。

　　让我们纪念柳青，践行典型化的审美创造，用形象说话，用细节传神，"为最广大的人民群众服务"！

写散文　带体温

　　散文到底怎样打动人？《金蔷薇》的答案是：文字之所以能打动人，关键在于包含着像金子一般的人类普遍的感情。

　　散文到底怎样打动人？

　　我写散文几十年，也琢磨了几十年，根据自己的经验，列了一个公式：写散文——纯情·传神·带体温。

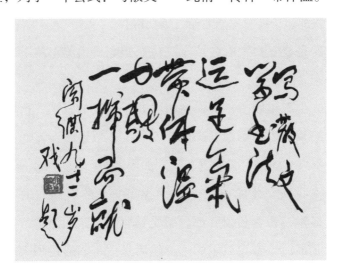

人问，怎么才能"带体温"？我说，写散文，激情满怀，抒真情。不管世事如何变迁，真情永远是滋养心灵的神丹妙药。短短的一段情，长长的涕和泪，轻轻的一个吻，紧紧的握手，切肤的敏感，教我思念到如今，即谓之"体温"。更有推之百世而不悖的，是躺在母亲怀抱吃奶的温暖，人们终生不忘！

我想起赵普东《第十三位奶娘的故事》：

表姐被"原籍返回"，婴儿饥饿的哭声阵阵。一个牵羊人说："这娃可怜，这只羊，我是送给你的。"

哇啦一声！婴儿拒食羊奶！

半年后，羊主人冒着大雪来了，说自己女人刚坐月子三天，把娃殇了，奶水空憋着。"殇的男娃、女娃？""男娃！"表姐夫摇头。对方坚定地说："我今夜来就要把娃抱走，我那口子在家里急着给娃喂奶呢！"

这是婴儿头一次去第十三位奶娘家，山路上留下羊主人一家人的温馨。

二十五年后的一天，表姐夫儿子迎娶的新娘，恰恰就是他恩重如山的奶娘的第四个女儿。一股股暖流流淌，全身心都是"体温"，感受久远到如今。

《我吻女儿的前额》里"我吻女儿的前额"的动作反复显现，作者和读者都会感受到肌肤之亲的温暖。特别是女儿最后带着我重重的吻，然后送太平间通过烈火的安检，骨灰飘撒，魂去也！故而我以为，好的散文，必须持有胜过千言万语的典型细节，这类细节愈多愈动人。

亲友们索字，我一般只题赠四个大字。我牢记鲁迅的十六字诀："静观默察，烂熟于心，凝神结想，一挥而就。"写的时候，运足气，一挥而就，自带体温。

一言以蔽之：精美的散文都是融入大量类似的细节而生成——这就是我怀抱"体温"、催发气场的秘籍。

读箭咏画　大美至简　美在灵感

　　西安画家箭咏的画别具一格，与众绝无雷同。他的画，不但要看，而且要读。

　　箭咏的画是画，又不是画。他的画，像他的书法，更像他的诗，或者说它就是诗，但不是律诗，也不是绝句。它不像律诗那样森严，不像绝句那样精致，当然也不会是自由体诗，有点像我国的古风和骚体，那样天然古朴，掷地有声，"凌云健笔意纵横"，无拘无束，罗曼蒂克。

　　但他惜墨如金，用笔简练，简练到不能再简练的程度。他以简练、放纵的笔墨勾抹有我之境。他不拘绳墨，求其神似，画我心象，咏我心声，意到为止。他把审美的形体对象，抽象化为形神兼备的符号，运用符号创造意境，点点滴滴都有情，看似容易却艰辛。

　　他喜欢画鸟儿。他笔下的鸟儿、雀儿，全是"符号"，一个个戴着尖顶帽，嘴巴上叼着一根长长的吸管，或者是陕西老汉伸着嘴巴叼着的老长老长的旱烟锅子，

一笔传神，精气神儿全在这旱烟锅锅的头头上。他画的燕子、丹顶鹤的嘴巴，还有鹭鸶的顶毛，也都很长，富有旺盛的生命力。他画的松鼠活泼机警，他画的猫咪憨态十足，他画的牛堪称一绝。那牛，漫不经心的几笔，立时神情毕现，沉稳含蓄，极富力度。尤其是他的奔牛，寥寥几笔，活灵活现，像是一堆杂乱无章的行草笔画在飞舞，然而实实在在是一群牛满世界奔跑，整个画面活了起来。他一平，再平；一竖，再一竖，一朵朵喇叭花争艳斗丽。我非常欣赏他那有生命的、飞动着的、潇洒的行笔，也非常欣赏他的仅只一按一提的皴染功夫。

　　"画龙点睛"，可是，他画的美女，不论置身桥上月下装饰着别人的梦的少女，或者是炎炎烈日躲在苞谷地里凉快片刻的半裸的少妇，一概不长眼睛。然而，观者有意，她们全身长满了眼睛。他的夏夜月，不论挂在柳梢还是躲在猫的身后都是诗。那猫，却长出眼睛。猫的双眼，像猫的剪影的两个三角窟窿，射出背后冷黄夜月的自然光——寒光与灵光，那样静谧又神秘，那样机警又机敏。

　　笳咏惯于摄取生活中的小题材，这些小小的生活素材，天天碰人鼻子，人人习而不察，画家发现了它，发现的正是天人感应的他自己。他把审美感受，赋予虽然有些干巴巴却又生气勃勃的枯枝和貌似杂乱无章实则浑然天成的构图，美感超越对象本身，暗香浮动，兴意盎然。

箭咏说："画家要用脑子看事物，耀眼的光彩只闪一刹那……脑子比手重要，观察比写生重要。"又有打油诗为证："古瓶何来松枝瘦，猫儿酣睡消长昼；无端松鼠下华山，乖理求趣勿须究。"

箭咏的画，很大程度上得力于境界的创意。他很会造境，显然，这得益于诗的灵感。意态由来画不成，箭咏偏在意态上下死功夫。箭咏的画，健笔纵横，犹如笔墨游戏，可是成竹在胸，野而不乱；从心所欲，无拘无束，浑然天成；劲健奔放，我行我素，再造自然。所以然者何？"因为它是经过自己的思想，审美评价而来的。"

箭咏是在更高的层次上营造"写意"的抽象，基于前人又不囿于前人，重视西画的借鉴又特别珍重国画的画外之功。正因为如此，箭咏画的审美纵深，也只能在他的画外去找了。

画家老矣，年近古稀，有骨头有筋，个人数十年惊心摄魄的遭逢与酸甜苦辣的体验，如清寒孤傲、狷介通脱等，正是这一切的一切，造就了只能怀属于箭咏自己的艺术风格。

可是，寸有所长，尺有所短，简练有余而丰腴不足恐怕在所难免。境界还须再大，新品应该再多。

序《小说十八品》

这样一本书的序是很难写的，既然"始作俑者"是我，也就不好再推辞了。

谁都看得见，近年来小说创作优良高产，成为人民群众不可或缺的欣赏对象和精神寄托。小说创作的日见重要，吸引了千千万万的青年人在这个领域内一显身手。

编这样本书的本意是从一个新的角度、新的分类为青年写作者翻检、参考、对照时提供方便。

它属于类书。古典音乐分"十八律"，宋代路制分"十八路"，我国画法有"十八描"，我国武术有"十八般武艺"，小说本无法，叫它"小说十八品"罢！

"品"者，类也，立品颇为不易。昔钟嵘作《诗品》，沿流溯源，司空图作《诗品》，摹神取象。《诗品》将诗分为雄浑、沉着、高古、绮丽、疏野、委曲、飘逸、流动等二十四种，是按艺术风格分类的。也有以题材、体裁或主题划分的。例如小说，宋人平话被分为小说平话、谈经平话和讲史平话三类。胡应麟的《少室山房笔丛》将小说分为志怪、传奇、杂录、丛谈、辨订、箴规六类。到清代纪昀的《四库全书总目提要》，把小说又分成三类：杂事、异闻和琐语。

巴尔扎克把他原计划完成的137部小说（实际完成90多部）总名曰《人间喜剧》。又将《人间喜剧》分为"风俗研究""哲理研究"和"分析研究"三大类。其中仅"风俗研究"一类又分"私人生活场景""外省生活场景""巴黎生活场景""政治生活场景""军队生活场景""乡村生活场景"等。对于小说，我们还可以这样分：一，侧重主观描写的，如作者溢于言表的抒情，作者的自我夸张和表现自我，极强的哲理性、政论性、隐喻性、象征性等。二，侧重客观描写的，如故事描写，人物描写；在故事、人物描写中，又可按题材的不同分出许多类。三，侧重不同手法的。手法各异，又可分出若干类来。

去年7月调《小说选刊》以后，我的头脑发热，爱好选家，忘记"选学妖孽"的话，也想按风格的不同，集小说新作之精粹，编一本《风格小说选》，但志大才疏，迄未如愿，希望哪些选家先编一本出来以应急需。《风格小说选》未成，《小说十八品》出世，煞是一喜。

《小说十八品》是按风格之外的题材、体裁和主题分类的，立品的标准不能说严格精确，但观大略未尝不可。编者煞费苦心，《小说十八品》正好十八类，这也是赶巧了。十八品曰：抒情、心态、乡土、城市、通俗、传奇、推理、记传、日记、笔记、对话、讽刺幽默、寓言、动物、象征、哲理、政论、科幻，类别类举，出自新近的小说佳作。

关于小说体裁问题近年议论较多，可见我四年前提出"到底小说为何物？"并不多余。经过大家一番讨论，小说观念逐渐明晰。这是一个有界定却并不狭隘的观念。小说作为叙述体艺术，当然以塑造典型人物为其高致，但不能用它强求一切小说如短篇小说和小小说。小说应当着重塑造典型人物，小说也可以着重描写典型情绪、典型心境、典型场景、典型氛围、典型事件等。至于小说的体裁，可以是现实主义的，可以是浪漫主义的，也可以是拟现代派的。这样一来，路子打开了，思想解放了，小说百花齐开放。

"抒情小说"以抒情性描写见长。小说家哪个不多情？但有的作家字面上却"冷"得可以。近来，"抒情小说"有抒情增多、情节弱化的趋向。随着人性论和人道主义问题原则上的解决，"抒情小说"今后将有一个长足的发展。"心态小说"类似"抒情小说"，但与"抒情小说"很不一样。"心态小说"多以心理结构为主，即取决所谓"心理时间"：或闪回，或交错，或叠合，或放射，或梦呓，或理悟，或下意识，于眼花缭乱中见真情。这种小说往往以直接表现人物的意识流动的过程（甚至潜意识的过程）为主要的特征，因此极多自由联想和内心独白，带有极大的随意性、跳跃性和散漫性。但"心态小说"的优秀之作虽随意而清醒，虽散漫却完整。我国"心态小说"名家首推王蒙，但王蒙《在伊犁》一书的后记中却说："一反旧例，在这几篇小说的写作里我着意追求的是一种非小说的纪实感，我有意避免的是那种职业的文学技巧。为此我不怕付出代价，故意不用过去一个时期我在写作中最为得意乃至不无炫耀地使用过的那些艺术手段。"

"乡土小说"来自"乡土文学"，"五四"以来活跃于文坛，为鲁迅所喜爱。"乡土小说"写乡村，写乡情，更带有"野味""风情"，更带"俗气""土气"，"风土""人情"两相宜，富有风俗学、民俗学的价值。"山药蛋派"多属"乡土小说"，当然，"山药蛋"还要发展。以"乡土文学"引以为荣的刘绍棠赠言《乡土文学》编辑部："中国气派民族风格地方特色乡土题材"，这是经验之谈。与"乡土小说"相伴的是"市井小说"。"市井小说"不同于一般写城市建设的城市小说，它对城镇市井的风土人情特别敏感，因而也富有风俗学、民俗学的价值。二者都是风俗画，都是新小说中的《清明上河图》。

邓友梅、汪曾祺等精于此道，众人叫绝。汪曾祺在《谈谈风俗画》一文中说："小说里写风俗，目的还是写人。不是为写风俗而写风俗，那样就不是小说，而是风俗志了。"他说："风俗画小说是有局限性的。一是风俗画小说往往只就人事的外部加以描写，较少刻画人物的内心世界，不大作心理描写，因此人物的典型性较差。二是，风俗画一般是清新浅易的，不大能够概括十分深刻的社会生活内容，缺乏历史的厚度，也达不到史诗一样的恢宏的气魄。因此，风俗画小说常常不能代表一个时代的文学创作的主流。这一点，风俗画小说作者应该有自知之明……"古华却在《芙蓉镇》里说他是"寓政治风云于风俗民情图画，借人物命运演乡镇生活变迁"。

"讽刺幽默小说"近年多了起来。幽默是滑稽，是噱头，是取笑逗乐，是谑而不虐。幽默感是民族生活情趣和作者智慧、乐观、自信的特殊表现，"言谈微中，亦可以解纷"。姚雪垠说："幽默可以表现作家的审美情趣和思想感情中比较高雅的东西，也可以反映出人的心理及性格特征。"讽刺则不同。讽刺是以笑为刺，进行战斗。讽刺往往通过不协调的强烈对比和高度放大的夸张，对悲剧性的事物作喜剧性、滑稽戏的处理。如此一来，讽刺取得奇妙的艺术效果，正像李渔《李笠翁曲话》所言："于嬉笑诙谐处，包含绝大文章。"

"笔记小说"在我国由来已久，但古之"笔记小说"同今之小说不大相同。笔记是笔记，小说是小说；有笔记式的小说，又有小说式的笔记。关于"笔记小说"，孙犁写道："中国小说史，把《世说新语》列为小说。因为这部书主要记的是人物的言行，有所剪裁、取舍，也有所渲染、抑扬。而且文采斐然，语言生动，意境玄远。"

　　"动物小说"系描写动物世界、刻画动物形象为主的小说。作品的主人公就是动物，它比人化的动物更带兽性和野性。虽通人情，依然兽类，兽性犹存，安知非人！当然，归根到底，写动物还是为了写人。鲁迅在《中国小说史略》中写道："《聊斋志异》独于详尽之外，示以平常，使花妖狐魅，多具人情，和易可亲，忘为异类，而又偶见鹘突，知复非人。"当前我国的"动物小说"不同于昔时《聊斋志异》，这里几乎没有真人出现，就是一个动物的世界。

　　"通俗小说"和"传奇小说"近来在我国极为盛行，这件事给我们以极大的启发和刺激。人民群众对小说的需求量增加了，对小说的娱乐要求有增无已。我们应当认真研究一下今之小说怎样服务于最广大的人民群众。毛主席早就倡导中国作风、中国气派的文化艺术，只要人民群众喜闻乐见，"通俗小说"和"传奇小说"越多越好，应当放手让其发展。

此外，尚有"惊险小说""武打小说""荒诞小说"和为孩子创作的"含谜小说"等，或因分割太细，或因资料短缺，编者未予录选。

　　再说一遍，没有今天百花齐放的局面，不可能有小说百花的出现。《小说十八品》，乃十八般武艺，小说初学者和爱好者各取所需。

　　编者告我，谨以此献给年轻人，一批批小说作家将从他们中间涌现出来。

1984年12月16日　雪

冰心的梦

冰心说她最喜欢散文，很爱读散文也很爱写散文。

冰心早期的散文温、良、恭、俭、让，爱心可鉴；冰心晚年的散文酸、甜、苦、辣、咸，怨而不怒。我尤其爱读冰心老辣的散文新作。发表于1991年的《我的家在哪里？》文辞隽永，情意悠长，举重若轻，很美。

它写梦，写梦的无意识的向往和眷恋。她冬梦里喊着"我要回家，回中剪子巷"，但是转悠了大半个北京也没有回到中剪子巷。醒来时，她"在枕上不禁回溯起九十年来所走过的甜、酸、苦、辣的生命道路……眼泪涌了出来"。"我这人真是'一无所有'！从我身上是无'权'可'夺'，无'官'可'降'，无'款'可'罚'，无'旧'可'毁'；地道的无顾无虑，无牵无挂，抽身便走的人。万万没有想到我还有一个我自己不知道的，牵不断，割不断的朝思暮想的家。"

九十年一无所有，但是，有"家"可"梦"，"只有住着我的父母和弟弟们的中剪子巷才是我灵魂深处永久的家"。

漫不经心的一个梦就打翻五味瓶子，打开将近一个世纪的绵长的视野，亦情亦景，亦隐亦现，亦甜亦辣，亦真亦梦，由真入梦，真即是梦，梦即是真，既不懊悔当年沉湎于精神家园的泛爱的梦，又不惮于艰苦与共的人生和苦恋苦爱的非梦。既然梦是自然而生的向往和眷恋，那么，梦不但真实而且美好。一无所有就是一无所有，可是，还有梦在！

一次，周明问她："冰心同志，你忙什么？"她说："坐以待币（指稿费）。"

"你何以九十高龄依旧'一片冰心在玉壶'？"她说："以我之身，无官可罢，无权可夺，无官可降，无款可罚，无旧可毁，何往而不适呢！"

"你的散文为什么越写越'反动'？"她脱口而出："姜是老的辣嘛！"

针砭时事别人用杂文，所谓"杂文笔法"，冰心用散文，可称作"散文笔法"，而且是最严格意义上的"散文笔法"，是真正从心灵深处涌出的热流。

在散文界，冰心是爱的化身，爱神动怒了，艺术的魅力和精神的锋芒形成合力所向披靡。她痛极而言之："'爱'是伟大的，但这只能满足精神上的需要，至于物质方面呢，就只能另想办法了。"她死活摆脱不了的还是对人民对国家的爱，不然，为什么放着终身教授不当早在1951年就毅然回国？说到底，她是爱神，是爱神的使者。

汪曾祺说过，老年人文笔大多都比较干净，不卖弄，少做作，但是往往比较枯瘦，不滋润，少才华，这是老人文章一病。诚哉斯言！可是冰心例外。冰心写来，一方面亲切、不隔，犹如老奶奶抚摸着、拍打着，劝说她的子孙儿女，一方面又以过来人的体验作内省的独白，清醒地做着好梦，梦里充满鲜活的人性生机。

像说话那样随随便便，像禅机那样启人心智。

前后九十年的一个梦，算上标点符号不过八百来字！

同陈忠实对话《白鹿原》

我有幸同陈忠实几番交谈。

我：你把《创业史》读过六遍？

陈：咱陕西这一代作家，没有不敬重柳青的。柳青深刻，是伟大的作家。

我：你是柳青的好学生。你在思考农民问题的深刻程度上，在人性化、个性化的复杂、精确与出神入化以及小说的技法和修辞手段等方面，得益于柳青，当然，陕西文坛上、中国文学史上，只能有一个柳青。

陈：柳青用生命体验生活，起点很高。

我：《创业史》里，常常用绝对正确的头脑思考，用"严重的问题是教育农民"的指示教育农民，《白鹿原》抚今追昔，知往鉴今，好像提示人们"最严重的问题是接受农民的教育"。

陈：柳青扎根农村十四年，把自己变成农民和农民的教育者。

阎纲与陈忠实

我：你比柳青幸运，因为你经历了"文革"，又在基层摸爬滚打二十多年，尝尽甜酸苦辣，坚信只有通过实践反观历史才能检验真理。

陈：1978年12月召开的党的第十一届三中全会，号召全党"解放思想、实事求是"，半个多月后，中共中央发文，给地主、富农摘帽子，也给我壮了胆。

我：金庸来西安，看你，对你说："你胆子好大。你的《白鹿原》给地主翻案。"

陈忠实哈哈一笑。

我：《白鹿原》的诗魂在精神，在发掘几千年来赖以生存的民族精神，包括处世、治家、律己和自强不息的过程中善恶因果的对立与调适，不禁让人联想到中国农民的出路：向何处去？祠堂还是庙堂？捣毁还是改制？纲常名教还是日出而作日落而息？阶级斗争还是文化冲突？

《白鹿原》的突破，体现在历史的深度上。所以，1993年7月五部长篇小说晋京，我在讨论会上的发言《〈白鹿原〉的征服》中称赞："《白鹿原》是个里程碑！"

陈：其实，写《白鹿原》我的心情非常复杂，生活也遇到非常大的困难，娃上学快交不上学费了。我给老婆说，我回原上老家去，你给我多擀些面带上，这事弄不成，咱养鸡去，养鸡为主，写作为辅；事弄成了，咱写作为主，养鸡为辅。老婆给我擀了一大摊子面，说吃完了回来再擀。

我：记得你喜欢昆德拉后期的"负重若轻"。还说过："我不愿意当官，我的命搭在文学上，寻找自己的句子。"也就是寻求个人的艺术独创性。记得你还对我说过：创作竞赛，最后的优胜者取决于作品的思想深度。

陈：对着哩，一般地记录生活不会有生命力的。

我：你是在路遥《平凡的世界》大获成功的压力下发奋写作的？

陈：我到陕西人民出版社开会，路遥发言，李星绕到我的后面说悄悄话："今早听广播，《平凡的世界》评上茅盾奖了！"接着说："你年底要把那事不弄成，干脆从这楼窗户跳下去！"回到原上后，我发愤地写，到年底终于画上最后一个句号。我抱上稿子回到西安家里，老婆问："弄成了？"我说："弄成了！"很干脆，就这一问一答不同标点的三个字！一天，碰见李星，他一把拉住我，说："跟我上楼。"刚进他的家门，李星把50万字沉甸甸的书稿往床上狠狠地一甩，说："事咋叫咱给弄成了！"

1992年的一天，我回西安的家背面背馍，发现人民文学出版社高贤均的回信，一下子从沙发上蹦了起来，惊叫了几声，哭了，爬到沙发上半天起不来。老婆慌了，问"出啥事了，出啥事了？"我说："咱不养鸡了！"

我：《白鹿原》评茅盾文学奖遇到重重障碍。评委会的意见决然对立。多亏陈涌啊！陈涌反复琢磨作品，然后在评委会上拿出正式意见，说"《白鹿原》深刻地反映了解放前中国现实的真实"，"政治上基本上没有问题，性描写上基本上没有问题"。但必须修改才能参评。后来改了？

陈：改了，评上了。据人文社副总编何启治统计，删去田小娥每一次把黑娃拉上炕的动作和鹿子霖第二次和田性过程的部分，关于两方"翻鏊子"的事也删掉一些，约删去两三千字。

我：也有人统计，包括你自己删掉的，总共有五万多字。

《白鹿原》的最后，县长白孝文把既是"土匪胚子"又是朱先生"最好的弟子"黑娃给毙了。儿子白孝文主持公诉大会，黑娃倒在血泊中，白嘉轩晕倒了，大病一场。最后的最后，他站在坡坎上对着南山凝视，鹿子霖来了，疯了。等鹿子霖走近时，他向他忏悔当年巧取慢坡地的恶行……这一笔惊心动魄！

朱先生说白鹿原上"翻鏊子"，朱先生谶语成真。你写朱先生，像鲁迅说"三国"："状诸葛之多智而近妖"，只能算是历史经验的象征。白嘉轩才是你理想化的艺术典型，像，又不全像。

…………

我感叹：陕西成为文学大省（更恰当地说，是"长篇小说大省"）的成功经验到底怎么说？没有《保卫延安》

的压力，《创业史》的诞生会不会推迟？没有《创业史》出世，能否带动路遥、平凹、忠实、志安等一批青年作家"走出潼关"？没有《人生》《平凡的世界》的压力，陈忠实会不会破釜沉舟，以穿越历史为己任，视《白鹿原》为棺枕，自将磨砺，一鼓作气，"咱不养鸡了"？

2017年追记于电视剧《白鹿原》停播和"手术后"复播期间

同杨守松幽了一回默

1988年底，筹办《中国热点文学》月刊，急需直面现实的好稿子，而作家杨守松刚刚完成一部疾恶如仇的长篇报告文学，没有刊物敢接纳。我要来了。

眼前展开一幅因阵痛而痉挛的变形画面，狂躁无序，五光十色，充斥着冒险和无援。

感觉敏锐，信息量大，有胆有识，纵横捭阖，放言高论，深度的体验，深情的呐喊，让思想冲出牢笼！我连夜读完这部稿子，激动伴随着惊悚，心跳不已，直到天亮。

稿子很对刊物的路子，但是，群情激愤、痛斥官倒的声中，凛然正气也许会惹出麻烦招来横祸。几处使性子的气话和偏激过头的话需要改动，而杨守松却在盛怒之下守身如玉，寸土不让，谁要说删说改他跟谁急。紧后，你来我往，苦口婆心，杨守松态度松动，同意改题。我建议改为《救救海南》，他同意，但提出一个无容辩驳的不讲任何条件的条件：他们活着，那就让我死吧，你们给我的署名加个黑框!

我想，列夫·托尔斯泰不是活活地"死"过一回吗？托尔斯泰为了挣脱狂热者围攻式地拜访，以便免受干扰地写作他蘸着胆汁的《复活》，将自己锁在房间里，对仆人说："从今天起，我死了，就葬在房间里。"果然，来访者被悲痛欲绝的仆人告知："先生死了，死在谁也不知道的地方。"托尔斯泰就这样"死了"。《复活》定稿后，托尔斯泰"复活"了。我想，杨守松和其他所有的作家一样，有"死"的权利，署名加框，以己之死、换文之新生，有深意存焉，照办。

《救救海南》次年三月号刊出，读者争相传看，轰动一时，在一个非常的时期，特殊的年份，涌起报告文学一个新浪潮。远方的亲友已经为杨守松的早逝"失声痛哭"，读者不断来信"钦佩杨守松的才气和胆力，但也遗憾地看到杨先生已经仙辞人世"，"希望主编先生您能告诉我们杨先生辞世究竟是什么原因"。

杨守松脱颖而出，但他没有沉浸在悲喜交加的感奋中，而是陷于无奈，面对亲友读者纷纷的哀悼和痛惋忙不迭地解释和道歉。他为作品而献身，死而复生，传奇传奇！

《救救海南》给杨守松的呐喊、欢呼以至喷发开了个好头，使他豪气如虹，锐气不减当年，长时间活跃在报告文学队伍的前沿。

我是《救救海南》的责编，犯有"故意杀人罪"！

《救救海南》是探路者的报告，只找回了真实、真诚和焦虑，只求埋葬自己的奢望与海南的劣迹，以死求生，但是，有点迷路了。他继续寻找，找到"昆山之路"。1990年，《昆山之路》出版，空谷足音，从而有《苏州"老乡"》《昆山之路（续集）》等的一番热播，又有《黑发苏州》《永远的"昆山之路"》等鲜亮登场。杨守松又活了，同时宣判我无罪！

进入21世纪，杨守松还是拿昆山说事，出版了《小康之路》一书，备受媒体夸赞，却让守松本人陷入了冷静的反思：作家的创新之路到底该怎样走下去？

2004年，他专程来京，借中国作家协会会议室，召开"《小康之路》作品批评会"，事先明确"三不"：不要主办单位，不请领导，不听一句好话。我第二个向守松开火，守松头上直冒汗。会后题词，我写"别开生面"四字，又写"作家要表现，政府要宣传；读者要审美，书商要赚钱"，举座皆欢。雷达起，援笔立就，改为"作家要表现，政府要宣传；读者要好看，书商要赚钱"，众又笑。会散，守松交我一个提包，嘱我小心打碎。进家门打开，见镜框有一石，白生生的，质坚、瘦、透、露、皱，活脱一座精美的太湖石，是他珍藏之物，他说早就想送给我。

三个警察，一个疑犯

我面前是雨果的《悲惨世界》。

三个警察押着一个男人。

米里哀主教大步迎上前去，微笑着对警察说："他是这么说的吧？'那是留我住夜的一个老神父送给我的。'……他说的全是真话。"

他转向冉阿让，温和地说："又见到您，我真高兴。但是，银烛台不也送给您了吗？您为什么不把它也带走呢？"

冉阿让浑身发抖起来，好像快要晕倒似的。主教说："再见吧，我祝福您。请记住，这一家的门，不管早晚，不管什么时候都是开着的。"

他洗净了他的灵魂，把它献在主的面前。

面对这位以怨报德的冉阿让，主教米里哀却以德报怨。明知他有过前科却留他过夜，好心招待他用餐他却偷走银餐具。当警察将冉阿让抓来让他指认时，他竟然说这些银器"是我赠送他的！"随即又以银烛台加赠，还证明说，这是"祖母传下的银器"，大翻转！无从怀疑："疑犯"原来是主教的座上客。

就这么几句虚与周旋又非常诚实的话，解除了一场警报，平息了一场官司，除此而外，他什么也没说，什么再没解释，那么平常和自然。

但是，对于冉阿让来说，心灵上的震悚该多么强烈！它比加刑、镣铐、鞭打强烈千百倍、深刻千百倍！主教博大的善德唤醒"罪犯"的良心，再造冉阿让的灵魂，感召他以无私的牺牲积德行善一直到老。他终于实现自身的价值，目光中流露出对"悲惨世界"不幸男女的钟爱和欣慰。好事做尽之后，他点亮主教"祖母传下的银器"，摆正送"女儿"相依为命的洋娃娃，说了声："我是偷盗一块面包苦役十九年的罪犯……""该知道你母亲的名字了——她叫芳汀。"然后，凝视"女儿"与男友手挽手幸福的身影，微笑，孤独，默默地死去。

主教赠银的情节，在《悲惨世界》里不过一段小小的插曲，却成为主人公人生的一个转捩点，一切都在无言中，一切都以无言之德教人爱人做人。正是在浪漫主义大师雨果人道牺牲精神的感召下，我几乎在警察干预之外不走样地、圆满地处理了十分近似的一两桩怪事，其结局也如同雨果书中期冀和描写的那样，他们后来不但自爱、自强，而且菩萨心肠，与人为善，不无主教的余韵和冉阿让的遗风。我得到莫大的慰藉。

因为反对路易·波拿巴复辟帝制，雨果被悬赏通缉，流亡他乡长达十九年之久。在这期间，他的已经是法国文学院院士的女儿游泳不幸溺水，接着，被称作诗歌奇才的另一个女儿病逝，小女儿又因失恋导致精神崩溃。就是在这种悲痛欲绝的心境下，而且是在僻寂的葛纳塞岛，写出举世闻名的《悲惨世界》。

作为赃物的银器唤醒"罪犯"的良心；博大的仁爱再造冉阿让的灵魂；无私的善行挽救这"悲惨世界"，以至于忠于职守的警察头子沙威在冉阿让至"善"的光照下居然跳进塞纳河，用生命保全了道义，惊心动魄！

我自己一生经历了大半个世纪，见得多了，眼见是实，心里亮堂了，默默地总结出一条做人的起码规矩，就是：要行善，不作恶，当你不能行善时，也不要作恶；说真话，不说假话，当你不能说实话时，也不能说假话。

雨果有句名言："在人间一切之上，存在着一个绝对正确的人道主义。"

"请记住，这一家的门，不管早晚，不管什么时候都是开着的。"

说戏，论范紫东

我们县三十多年来以"小戏"著称于世，如今，盛况不再，怎么办？

打自小，就听大人常说"'说书'、看戏，叫人学好呢！"又听说"戏里头不是奸臣害忠良，就是小伙子拐姑娘，妖婆子害前房"。

长安居，父亲带领全家四口在正义社、三意社、易俗社看戏。我五岁能唱李正敏的《探窑》和张寒晖的《松花江上》。稍长，回到县上，登台演出《苏武牧羊》《西厢记》，依然痴迷看戏。《苏三起解》是我的最爱。一个无人援助的冤女，跪下来哭天抢地托人给王公子捎话而不得时，我被打动了。接着，对自己悲惨身世连续性地追诉，又穿插崇公道幽默的解慰，认干爹，冒犯干爹，干爹动怒，好话多说干爹又乐了，使一场看似单调的戏荡出波澜。接下来是《三堂会审》。明知苏三就是玉堂春，但礼法不容认妻开罪。要审案子就得追根刨底，那段风流韵事不能不摆上桌面，而二位"大人"为了奚落这位上任的新官，明知故问，一问再问，弄得主审官当场出丑，苏三又不能当面认夫，四个人心里都有鬼，明争暗斗，发生性格冲突，剧情波澜起伏，我惊奇，戏曲演绎内心冲突竟有如此强烈的艺术魅力！

戏里的唱词就是诗，唱腔就是音乐，对白就是散文，脸谱就是性格，椅子就是织布机和门扇，园场就是奔走在路上，舞台就是人世……戏曲成为我的艺术学校！

再长，学拉二胡，学拉小提琴，竟然学会打板，坐镇自乐班指挥文武场面，所以，1949年一解放，我便参加解放军一野十师宣传队演出《穷人恨》和《血泪仇》，呀，普天下竟然有这么惊天动地的戏！还有比《三回头》《柜中缘》《杀狗劝妻》更现实更动人的艺术？还有比《王宝钏》《周仁回府》《打镇台》更凄苦、更悲壮的人生？我不由自主地规划起自己的前途来。从此以后，"为工农兵服务"，以"人民的文艺战士"的称号为无上的荣光。

宣传队的这段经历，对我的文艺观是巨大的冲击。1956年到北京后，"正乙祠戏楼"那副对联"演悲欢离合当代岂无前代事，观抑扬褒贬座中常有剧中人"，又激发了我对戏曲的冲动，撰写了《戏曲送我走上人生舞台》一文。

从此往后，"陕西愣娃""秦人魂"刻骨铭心。到北京工作经历七灾八难之后，观摩演出《三滴血》和《火焰驹》时，我不禁热血沸腾！

但不幸，目下的秦腔危机丛生。曾唱响关中、陕西以至于西北大地的"周至县剧团"，王小二过年，演出频率日衰。秦腔还活着，但面临严酷的挑战。

时势挑战舞台艺术，我县盛极一时的民间"小戏"境况如何？

筚路蓝缕，不厌不倦，捉襟见肘，惨淡经营。四句话概括：热心一片，乐此不疲，囊中空虚，但还活着。

礼泉的名牌"小戏"面临衰落，政府拨点小钱，再编再演，再拍成视频上网如何？救救"小戏"！

再说散文与戏曲

问：您说"散文是老年，小说是中年，诗歌是少年"。纵观小说和诗歌创作，年富力强的年轻作者似乎更多更好一些，那么散文创作是否年长者更有优势？

答：是啊！我说过"散文是老年"，因为散文追忆、缅怀、恋土、伤逝。按铁凝的说法，人类尚存惦念，所以人类有散文。惦念别人和被人惦念，都是美好的情愫。惦念，长者最善此道，"世事洞明皆学问，人情练达即文章"，越活越明白，加之文笔老辣，连缀而成人生的一部活《春秋》。所以，比我们早觉悟二十多年的顾准，不承认"终极理想"，推崇"从诗到散文"，即"从理想主义到经验主义"。1980年代巴金的五卷《随想录》出版，90年代一批深谙世情的老作家张中行、季羡林、金克木等穿行于历史与现实之间。"老来尚有疏狂志，干戚犹能舞不休？"散文随笔大行其道。

孙犁说："老年人，回顾早年的事，就像清风朗月，一切变得明净自然，任何感情的纠葛也没有，什么迷惘和失望也消失了。"

总之，步入老年，半生顿踣，悲欣交集，痛苦多于欢乐，时不我待，其言也真，或甜或辣，或悔或怨，或无悔无怨快意人生，非虚构的散文不请自来。杜甫晚年心有戚戚："少壮能几时，鬓发各已苍。访旧半为鬼，惊呼热中肠。"

技巧倒是老练了些，但不够"飙"了。

散文的骨子里有火，小伙子同样有刻骨铭心的社会体验。年轻人，火力壮，初生牛犊，锐气十足，时有惊人的佳作问世，例如张承志、史铁生、王小波等。

作家的代表作大多出自青壮年，越老越难超越。

问：您多年来一贯坚持有意义指归的散文，围绕人性的话题，通过典型化的艺术细节直逼人的灵魂，甚至说"艺术细节是魔鬼！"散文的创作手法多种多样，众说纷纭，你是怎样想的和做的？

答：都得益于戏曲，戏曲是我毕生在读的艺术学校。戏曲的唱词就是我心目中最早的诗；戏剧冲突成为我理解艺术的重要特征；戏曲的对白使我十分看重叙事文学的对话描写；戏曲人物的脸谱反使我对艺术人物的性格刻画产生浓厚的兴趣；戏曲语言的大众化使我至今培养不起对洋腔洋调过分欧化语言的喜好；戏曲的深受群众欢迎使我不论作何种文艺宣传都十分注意群众是否易于接受。

　　渐渐长大，戏曲在我心目中的审美特征日渐突出。《平贵别窑》里一步三回头的种种动作表情和声声凄厉的叫唱撕心裂肺。《十五贯》里娄阿鼠同算命先生言语周旋、顺着锣鼓点在条凳上跳来跳去，将猜疑和恐惧推向极致。《蝴蝶杯·藏舟》和《秋江》不论是说、是唱都在当夜的江中央。《打渔杀家》里桂英女前台焦急地等待老爹，后台同步传出"一五！一十！十五……"的杖击声声声入耳。《四进士》里宋士杰撬门、偷书、拆书、抄书，边动作边唱出的惊恐与激愤惟妙惟肖。《赵氏孤儿》一个接一个危亡场景的显现，走马灯似的惊愕失色，牺牲与崇高直逼人心，无不勾魂摄魄。特别是我省陈忠实、贾平凹赞不绝口的秦腔，"八百里秦川黄土飞扬，三千万人民吼唱秦腔"，不是唱而是"吼"！不论大净如包公还是小生如周仁，一概发自肺腑地吼，借用全身力气吼，慷慨激越，热耳酸心。正是这样唱着、吼着，凉州词、塞上曲，黄沙百战穿金甲，万里黄河绕黑山，更催飞将追骄虏，相看白刃血纷纷——呼啸厮杀，何等悲壮啊！

　　绘画与音乐、造型美与语言美，在抽象或半抽象的写意空间巧妙融合，一席之地演绎出人生大戏，那样夸张真切，那样谐和优美，那样淋漓尽致，那样入耳入脑、沁人心脾——啊，神妙的精神艺术！

当然，钟爱戏曲艺术也带来艺术趣味的偏颇，人物刻画的扁平极易导致形象的脸谱化，直、白、露，我都认账。

散文：说长论短

稿子越抻越长，先秦百家的凝练不多见了，汉赋的铺陈大行其道。

信息时代，码字不用竹简，传播不用手抄，作家三天成书，五日出版，被人耻笑："像蹿稀！"

长篇幅的散文多起来了。当散文的疆界越来越大，大到囊括纪实文学时，散文的"长"便势不可挡；也有短制，看你怎么界定。《酷吏列传》是人物合传还是散文甚或报告文学？（文中十人中的九人均为武帝时人，报告当朝啊！)《水经注》既是史地水道名著，也是优美的山水散文。《唐达成文坛风雨五十年》是传记文学、回忆录还是长篇散文？

《美文》一贯倡导的"大散文"极富包容性，继承了古典散文的传统，是一次上规模的大行动，激励千千万万文学爱好者参与其中，只要辞章用心，真情流露，会出人才的。

小说分长、中、短，《美文》把散文也分为长、中、短，让事实上存在的长短之分"合法化"并且叫响。但是长短的分野只能以篇幅大小计。1984年，我为《中外著名中篇小说选》作序，说获奖短篇中，字数接近或超过《阿Q正传》的不是个别现象，要是不加限制地拉长，势必放纵笔墨以致失控，所以，我在孙犁谈中篇有别于短篇的五点之外，添加一条说："中篇小说的字数大体在三万以上，十万以下。"

参照上说，中篇散文控制在三万字以下，短篇控制在万字以内，长篇作家也望手下留情。信息时代，忙得要死，谁愿意盯着又长又水的文字打哈欠？你想折磨人，你就把话说尽。

刊物怕读者受折磨，设专栏征集"精短散文"，再精、再短，限制在两千字以内吧。

真正的作家惜墨如金，字字珠玑。茅盾早在1945年就提醒作家说："把字数多寡的条件看得重些，先求能短，也许是对症发药的。"

刘禹锡贬朗州时，蜷曲在一间斗室，用平易的文言写了《陋室铭》，尽述其不陋，句法多变，属对精工，地道的散文诗，仅仅用了81个字！今人平凹，用大白话写了《游寺耳记》，奇崖怪树，一路胜景，豁然开朗，如入桃源，一身仙气，妙语惊人，算上标题不过323个字；其《四月三十日游青城后山》，高、深、静、虚、光、色、野、迷，"人全然都绿了""站立不动，让花雨淋着"。精短不到500个字。

还有更短的，如佚名的《一碗油盐饭》："前天，我放学回家，锅里一碗油盐饭。昨天，我放学回家，锅里没有油盐饭。今天，我放学回家，炒了一碗油盐饭，放在妈妈的坟前。"复调咏叹，算上标点59个字。

古人面壁苦吟，不惜捻断胡须，精短而且浓郁可以说达到了极致：五绝，20个字；七绝，28个字；《十六字令》，16个字；《忆江南》，27个字；《如梦令》，33个字；《天净沙》，28个字，那艺术魅力啊，了得！不可抗拒，为之倾倒。

我规范自己：条理清晰，观点鲜明，表述简练。

"任凭你千军万马，老僧只凭寸铁伤人。"千字以内的，管它叫"微型散文"，如何？

昭陵博物馆记

　　昭陵博物馆，位于陕西省咸阳市礼泉县烟霞镇西侧的李勣墓前，属历史遗址专题博物馆。1972年始建，原名"昭陵文物管理所"，1978年5月改为"昭陵博物馆"，并对外正式开放。

　　2023年7月3日，昭陵博物馆新任馆长马海舰来访。马馆长介绍昭陵博物馆场馆二期扩建情况和设想，聊到当年我请叶圣陶先生题写馆名的情况，众人谈笑风生，其乐融融。

　　当时胞兄振维在该馆供职，刚刚粉碎"四人帮"，他代表馆方命我请求中央首长题写馆名。我煞费苦心。文物单位，若改由文化人撰写，易于传之久远。最后，想到叶圣陶，觉得再合适不过了。昭陵博物馆的大门上，叶圣陶先生榜书馆名的牌匾仍然悬挂于大门的上方，叶公早已作古，不禁有物是人非之慨。大门上"昭陵博物馆"五个大字安详、大气，饱经沧桑，风采依然，像叶老一样德高望重。

2004年与胞兄阎振维

马馆长借机说："阎老，昭陵博物馆大门正在修缮中，大门两侧一直没有悬挂对联，想借此机会，请您撰写对联。"

我推辞："我的字赠送文友还拿得出手，撰联绝对使不得，请书法家拟写多好啊！"在座的朋友依然相劝："您写有家乡情怀，再合适不过。"我态度依然不变。

7月15日，陪亲友到昭陵博物馆参观，马馆长闻讯赶到，又提起此事。游兴正浓之时，也就答应了。

7月19日，楹联初稿完成。为了对仗、工律和通俗起见，征求多名专家、学者的意见和建议，经多次修改，然后定稿。

昭陵神骏百战惊风雨平隋乱赢得九州同颂

贞观盛世四方觐朝贺致治功换来天下康宁

王蒙见状，发微信说：

老兄对联内容极佳，但平仄全无讲究，弟读之心疼，略作试验，仍然粗糙，谨供阎兄参考、一笑：

昭陵神骏百战惊风雨平隋乱赢得九州同颂

贞观盛年八方响轩昂致唐功惠来百姓康宁

感谢王蒙N字师，属对工稳，用事精警，待日后换下，重写挂起。

为了通俗起见，征求各方意见，最后定稿为：

昭陵神骏百战惊风雨平隋乱万里疆土归一统
贞观盛年群贤辅左右致唐功九嵕云霞耀千秋

别了，不尽的乡愁！

——为李亚军《乡愁》作序

李亚军自小喜欢写作，从政委的任上退休以后，乐此不疲，"日作一文""练笔写心"。出版文集《向阳花开》，语言清新，情真意切。我劝他，多读胜于多写，不要满足记录生活，还要"写心"，多读你崇拜的作家的精品，分解组合，灵感庶几飘然而来。

事隔三年，二月二龙抬头，李亚军飘然而来，送上他的散文集《乡愁》（打印稿）要我作序。我说本人家乡观念重，你真还找对人了。

《乡愁》不但写景，而且写心、写情，溢出哲思。我不自觉地接了作序的活儿，有些悔意，唉，人之患在好为人师！

我进入李亚军心驰神往的境地。他站在原上望星空，拈出几句诗来：

落日小到一眨眼就没有了星　半月远成了一
个鸡蛋大的星

长风洗尽了天地　擦拭出满天满地的星

城市的星星汇成了河　乡村的星星碎成了灯

高台顶上被风吹动的自己　好成了天地间一
颗不起眼的星

哈哈，把自己比作一颗星与苍穹对接，多么好的
联想！

再进入李亚军心驰神往的境地。

回村，发现家家门户紧闭，路边的核桃长得
精神，柿子落下不少，樱桃已经下场，还有零星
的果子挂着，留给风月或者小鸟。

大公鸡的叫声，一嗓子挑起高八度，然后不
断气地滑落，抖出几缕余波，让掩映在绿丛中的
村子更显清幽。

看，不着一字，尽得风流，李亚军的功夫，也就是他
称作"园丁红孩"所形容的"修"。

李亚军爱好旅游，静观默察，学徐霞客那样写游记。
又遵循本省乡党太史公的教导，读万卷书，行万里路，曲

终奏雅，神情自见。

李亚军对生活敏感，细节传神。我以为，故事情节是天使，艺术细节是魔鬼。

李亚军给家乡唱赞歌，给生我养我朝思暮想遮风挡雨的家乡唱赞歌；同时给家乡唱骊歌，骊歌、骊歌，愁绝不忍听；振兴农村在路上，又给日渐消失的农村唱颂歌，颂歌、颂歌，诗意的赞美像号角。

王蒙文学七十大寿颂

王蒙说："中华文化有巨大的包容性，包含了大量辩证的、和而不同的选择，从而生命力更加顽强。"

"故国八千里，风云三十年"，把鳖扔进水里，"居然泪尽还一笑"，《这边风景》获奖。

"先破后立"还是"先立后破"？红卫兵扫"四旧"干净彻底，白茫茫大地真干净。"费厄泼赖应该缓行"还是"费厄泼赖不应该缓行"？"有人说我滑头，滑头滑头，再加二两桂花油！"但是，逼急了他也大呼小叫，"我是年轻的布尔什维克，我怕谁？"犀利讽刺挖苦一齐上，痛快淋漓。

他张扬个性，言人之所未言，言人之未能言，喜欢想象、变形、灵动、通感、散文化与诗化，主张"文学多元化"和"作家学者化"，"百虑而一致，殊途而同归"和"唯陈言之务去"。他的处世哲学是"理解比爱高""适度的宽容是必要的""相信正常情势下的和为贵"。

"寄语位尊者，临危勿爱身"，他受用。问："你咋发那么大的火？"他说："老领导有的说我'右'，有的说我'左'，我左右不是人了！"活到九十岁，每天快走一万步，见水就跳下去游，满身的瘦肉疙瘩，像斗牛士，越活越精神越洒脱，才思泉涌，倚马可待，在新中国文坛上，他是活生生深刻的存在，是文学时代的百科全书，同时引领一个时代的文学。

他说他从来没有停止过文学追求，从来没有追求过、真正感兴趣过，哪怕一星半点的"仕途"；但他有真正的主人翁的责任感与理解担当，有入乎其内又出乎其外的灵动与清醒。有些话他不说，不会有人再说。

他清正廉洁，手不过钱，非礼勿视，躲避女色，不让人抓住哪怕小小的一根辫子。

2019年，国家授予王蒙"人民艺术家"的称号，他在"非常政治，又非常文学，为未来建设性建言的《中国天机》里"对作家坦言相告："要让领导了解真情而不仅仅是让领导高兴。"

为李昕散文集《翻书忆往正思君》作序

天降大任于斯人焉，人不堪其苦，昕不改其乐，贤哉，昕也。

李昕是书人，40年的"出版专家"，界里无人不识君。

李昕做书，编书，评书，才思敏捷，是全能选手，40多个篇章50多万字的《一生一事》，以优美的散文和散文式的评论贯通整个文学出版史，津津有味的故事教人欲罢不能。

寄身人民文学出版社、香港三联、北京三联和商务印书馆，享受所提供的平台，然而，仍在"历史的夹缝"里做书。

李昕的散文集《翻书忆往正思君》出版，炉火纯青。

天赋、阅历、刻苦，再加上宽松的社会条件，能够造就作家。

李昕父亲李相崇，掌握多种外语，曾经根据俄、德、英、法原文校定国内出版的马克思、恩格斯、列宁著作的若干中译本，主编《新英语教程》等高校教材。李昕家学渊源，清华大学是他的摇篮，他成名，却以自己的生命挑战生存的环境。

李昕倾其一生称颂恩格斯所盛赞的（启蒙运动时期）"血写的人"：梁启超，周有光，韦君宜，吴敬琏，屠岸，沈昌文，曾彦修……

一、吴敬琏三次改写书名

吴敬琏被誉为"中国经济学界的良心"，李昕三次约请他出书，但是他太忙，他们便请知名媒体人马国川采用对话的形式协助他做。

吴敬琏让李昕起书名，他自己进行改写，仅几字之易神情毕见。他们一共合作了三部书。第一部书，他说就叫《中国经济改革二十讲》吧，吴先生改为《重启改革议程》，理由是："中国正站在新的历史十字路口上。为了避免社会危机的发生，必须当机立断，痛下决心，重启改革议程，真实地而非口头上推进市场化、法治化、民主化的改革，建立包容性的经济体制和政治体制，实现从威权发展模式到民主法治模式的转型。在我们看来，这是中国唯一可能的出路。"出版后，迅速成为理论界热议的话题，非常畅销。

第二部书，他说，书名就用《面向大转型时代》，因为这本书和《重启改革议程》的思路相一致，是对于新一轮改革的现实思考，"让历史照亮未来的道路""建设一个富裕、民主、文明、和谐的现代化中国"。

吴先生回电话，说这个题目很好，但是要改两个字，把"面向"改为"直面"。

"直面"和"面对"的意思差不多，但是"直面"强调主动参与，是真诚，是勇气，是道义精神和社会责任感。

第三部书的起因：《直面大转型时代》出版了，又是一本畅销书，他建议把演讲稿和论文编在一起，出版第三部书，就叫《改革新征程》。吴先生以为不理想，让再想想。他给吴先生写信说："书名建议用《改革行思录》。'行思'语出《左传》：'大道行思，取则行远。'意为改革正道直行，善于思考便可达远景目标。另可考虑叫作《改革新思维》，意谓今之改革，要打破原有的思维定势，在旧有的理论基础上创新。"

吴先生没有选择《改革新思维》，大概是因为他谦虚低调，不愿以"新思维"标榜自己。但以为"行思录"这几个字很好，打电话问他，是不是在前面再加上"大道"两字，叫《改革大道行思录》？他拍手叫绝！"大道"二字既形象准确，又一语双关，凸显吴先生在为改革开放辩护时理直气壮的姿态。

《改革大道行思录》甫一出版，立即受到读者和媒体关注。《新京报》和腾讯网将它同时评为2017年度"十大好书"和"华文好书"。

颁奖那天，吴先生以《改革路上的"学"与"思"》为题讲了几分钟。他说，我们的改革需要实践（行），也需要理论研究（思），是行、思、学三者的统一。今天我们处在新时代，新时代要发展，就要靠改革，而改革要靠我们大家坚持不懈地"行""思""学"。拼尽全力促进改革的深入，这样我们的改革才可以"过三峡"。

二、傅高义和他的《邓小平时代》

三联书店为了争得翻译和出版傅高义所著的《邓小平与中国的转型》一书，李昕不辞疲劳，奔走呼号，倾全力促成。

他准备了上、中、下三套方案，非常具体，为特殊环境下如何巧妙地出版特殊内容的图书提供了宝贵的经验。

这是一项大工程，李昕运筹帷幄，在脚手架上挥汗如雨。

他告诉作者，可以预见这本书出版前肯定需要删减内容，其原则有：

一，能不动就不动；

二，改动不伤害原意，以删为主不修改内容；

三，尽量以改动个别字词解决问题，避免大段删动；

四，编辑处理此类问题前应征求作者同意；

五，宁可壮士断臂，不必削足适履。

傅先生一直耐心地倾听，脸上不时现出会心的微笑，忽然从椅子上站起来说："现在我宣布我的决定，这本书交给三联书店出版！"

《邓小平时代》出版后，迅速占据了销售排行榜前列的位置。

百折不挠的毅力，机敏灵活的策略，聪颖过人的智慧，造就了一位"出版专家"。

三、出版曾彦修"自问平生未整人"的《平生六记》

特别值得提出的是出版曾彦修"自问平生未整人"的《平生六记》。

李昕写道，曾彦修先生说："在我一生经过的一些大事中，我的原则是一切按具体情况处理。明知其错的我绝不干。为此要付出多大代价，我无条件地承担就是。世界上很多事情，常常会有例外的，唯独有一件事情，我以为绝不能有例外，那就是良心。"

《平生六记》在生活书店出版，李昕特地采用小精装，以示隆重。周有光、沈昌文、张思之、吴道弘等知名学者闻知此事，特地向读者联名推荐，社会反响强烈。

《平生六记》以"六记"概括一生，以平凡小事反映大时代和大历史，以细微感受透视特定环境下的人性和人情。

有权力时"不整人"，自己挨整时不害人。他在"运动"中写过不少交代材料，说："那上面没有伤及别人的一个字。我可以一百次骂我自己是乌龟王八蛋，但我决不会哪怕说一次别人是小狗、小猫。这条界线，我一生从未越过。"

所有这些，都表明曾彦修先生具有高尚的心灵和强大的人格力量，并且善良正直，充满爱心，宁折不弯，不唯上，不唯权，只唯实，以自己的绵薄之力，努力维护心目中的公平和公正，令人肃然起敬。他称自己是鲁迅的终生信徒，的确，拿他自报"右派"这件事来说，足以证明了他就是鲁迅所说的那种"拼命硬干"和"舍身求法"的人，是"中国的脊梁"！

曾彦修先生回顾一生，认为"平生未整人"不仅令自己心安，同时也使自己获益良多，像那手捧"诚实之花"的佛家弟子，将得到历史和社会所给予的最高奖赏和评价。

我越读越激动，越琢磨越有感触：李昕这样推崇曾彦修，不正好说明他自己也在追求这样的人生吗？

李昕，书人，散文家，娓娓动听的评论家，先驱者的马前卒！

母亲的力量

——为魏兴荣《我与我的双胞胎儿女》而作

通常是"只生一个"，她却生了两个，一男一女双胞胎。通常是父母养育一个孩子，她却是独自一人养育两个孩子。

她一边养育两个孩子，一边高考念大专充实自己以提高育儿的质量，艰苦备尝，一棵直挺挺的树，没有倒下。她集母爱父爱天下大爱于一身，眼看着儿子和女儿一个个从幼芽到蓓蕾再到开花，从肉体到肤色到精神塑造出一个又一个自我。

她说，《我与我的双胞胎儿女》何以自诩为伟大工程，是因为我和我的儿女所经历的某些生活，是极其特殊的。如果我不把那些特殊日子记录下来，我将愧对我的生命，也愧对我手中的一支笔。

这本书，首先是献给自己的，这礼，唯有我自己能为自己献上，别人做不到。因为米，都在我的锅里。

附带着，我也把这本书献给孩子。他们当然了解他们的母亲，但在那些特殊的日子，他们和妈妈隔着遥远的世界。妈妈那时的思儿之痛，他们几乎一无所知。

一双儿女，是上帝所赐，只赐予我一人。一手把他们带大，是我的神圣使命。不管我曾承受过什么，付出过什么，我无怨无悔。永远！在他们的成长过程中，我做了我该做的，能做的。我用行动阐释了母亲的力量。我充满骄傲和自豪。我觉得我和儿女，都挺伟大。

我不敢妄议上帝，我又不得不抱怨上帝，让无爱的婚姻离异后似乎变得终生无爱，徒遭厄运饱受折磨，魏兴荣却恍然感悟到这是上帝有意的灵魂洗礼，凤凰涅槃。

小仲马的话剧《茶花女》在巴黎初演，受到热烈的欢迎，他立即打电报给大仲马说："巨大，巨大的成功！就像我看到了你的一部作品初次上演时所获得的成功一样。"大仲马风趣地回答说："我最好的作品就是你，我亲爱的孩子！"

爱与被爱是幸福，悲欣交集是人生，没有毫无自私自利之心的人，也没有纯粹的绝对正确的神，无私的奉献只有生母如地母。

魏兴荣为社会阐释了母亲的力量，是深层次的人性美，是母亲英雄，是伟大的母爱！

2024年元月17日　陕西礼泉永康颐养中心

第七辑

所谓"通感"

将人的听觉、视觉、嗅觉、味觉、触觉等等不同感觉互相沟通，颜色有温度，声音有表象，冷暖有重量，就是"通感"。

通感能够突破人的思维定式和语言的局限，增强文采的艺术表达效果。

通感突破感官的局限，使美感更加丰富，也让读者各种感官共同参与和感悟。

阮元说："古人鼻之所得，耳之所得，皆可借声闻之概之。"这无声之景、香如有声和鼻可代耳，就是"通感"。

李贺《胡蝶飞》："杨花扑帐春云热，龟甲屏风醉眼缬。"《天上谣》："天河夜转漂回星，银浦流云学水声。"

好些描写通感的词句都直接采用了日常生活里的习惯语言。如白居易的"清脆秋丝管"，贾岛的"促织声尖尖似针"等。在日常经验里，颜色似乎会有温度，声音似乎会有形象，冷暖似乎会有重量，气味似乎会有体质。

今人如雷抒雁的吃面条，说："陕人吸食面条的哐哐声让人听见麦客喳喳的割麦声。"杨生博的诗句："那是黑夜翅膀下藏着的星星，变成破碎的沙粒，落下，掉在我身上发出的声音。"傅建华说："春天，是一只鸟叼来的。窗外枝丫上传来的一声鸟鸣，像熨斗一样熨烫着寒冷堆积的褶皱。""有风入户，裹着草味，带着果香，吮一口，能咬出汁来。""一弦浅月，明亮亮的，像在村子里见过的火镰，火镰划击燧石的火星，溅满了天空。"

还有吕伟栋的绮思柔语："风月馈赠脸面上的皱纹，更像傲霜菊瓣，开得更旺。"更有甚者，如王蒙，就从《夜的眼》说起吧。王蒙在尽可能短的篇幅、尽可能短的时间里，把各种复杂的生活现象（包括光线、音响、色泽、情景等）熔于一炉，想象力纵横驰骋——从边疆到首都，从首都到边疆，从上海牌轿车到某负责人的公馆，从战友的挚情和信赖到阔少爷的傲慢与偏见，从边陲黑夜的犬吠到京畿宦门彩灯下的梦幻曲，从耀眼的街灯到人迹罕处的"夜的眼"，从通衢大道到坑坑洼洼，从城乡关系到关系学、两代人……眼花缭乱，通感惑人。

通感很早就在西洋诗文里出现，是所谓"五官感觉交换的杂拌比喻"，例如"碧空里一簇星星喷喷喳喳像小鸡似的走动""小星闹若沸""几个星星切切如私语"等。

我常说"传神的细节是魔鬼，能抵得千言万语"。那么"通感"呢？通感就是五官尽情转换的审美享受。

傅建华作《乡音浅唱》，"通感"的魅力

　　建华先生委托白孝平先生看我，让我给他题写书名的《乡音浅唱》说几句话。我立马想起他两年前的一首诗——爱不释手的《感恩春天》。

　　接着在《乡音浅唱》里随手挑出绝妙好诗《秋天，在村庄陪着月亮打坐》阅读又朗读。

　　他用了"通感"的技法，激起我视、听、嗅、味等全部感觉。抽象幻化为具象，可触可摸，具象化为灵感，灵感飘然而至，融入灵魂。

　　还有《乾陵赋》，刻意经营对子，丽辞妙句夺人眼球。"无字碑，素面沐风，千古谁谙？"他却说出"字"来！那文采之飞扬，辞藻之丰美，让我目不暇给，享用不尽。

　　几番细读，我被融化了。"乡音浅唱"非"浅唱"，作者故作谦虚状也！我又经过几番圈点，充当文抄公，足金的含金量，原作原汁原味，呈送人们共享。

附：

感　恩　春　天

春天，是一只鸟叼来的。

鸟儿用羽毛孵化新生的季节，鸟儿的鸣叫开始返青了。

田埂上的迎春花枝，在冬天像蜷缩一团废弃的钢丝。突然有一天，迎春花坚硬的虬枝擎出一两只黄铜色的小喇叭，吹奏着春曲。

北方人习惯在祖先的坟茔上栽植迎春花，一到春天，一座座坟墓便灿烂成一座座小金山。我猜想，贫穷的祖先曾经在漫长的冬天饱受寒冷，儿孙们是用迎春花让祖先的灵魂最先感知春天。

在春天的产床上。粉嫩的、鹅黄的、嫣红的胖娃娃探首露脚，一下子齐嘟嘟地钻出地幔，爬上枝丫。新的生命在春天风云际会，天地间充盈生命的活力！

春天是梵高，在天地间画满向暖的丹青，春天是女娲，给人间创造出鲜活的生命！

春天来了，枝干像母腹一样鼓起无数的芽胚。这些芽胚多是褐色和赭红色的，像临盆的胎盘一样，渗出殷殷的血。树木也在用新芽的诞生昭示世人，新的生命是母亲诞生的血肉！

秋天，在村庄陪着月亮打坐

八月，回农村，种菜，劈柴……过有灵魂的日子。

一树秋色，似在问我，是重出田园，还是归隐田舍？是秦腔还是京语？

有风入户，像过滤了的水，清凉，明净，裹着草味，带着果香，吮一口，能咬出汁来。

我开始懊悔，几十年城市的风，喧阗，浑浊，没有养料，像一把蹇钝的刀刃，一寸寸剔削了我灵魂里的钙质。

我站在院子，一边沉思，一边补钙。

一缕久违的旱烟味，带着熟悉黄土气息，约我走进村道。

一棵槐树，戳在村子中间，枝浓叶密。树上曾拴过半块犁铧，敲击过生产队召集出工的铃声，敲击过比树叶还薄的日子。

回到小院，一些旧事，醇烈如酒，一饮就醉。

堂兄拎一笼梨，邻居送一筐李子，满得能流淌出来。过分的谦让，推辞，被视为城里人的圆滑。今年，市场上水果价格不菲。他们像不吝啬汗水，不吝啬力气一样，从来不吝啬厚道。他们有时也计较，和日月计较阴晴圆缺，和风雨计较猛疾温良，甚至和城里刻薄的人计较克两毫厘。今天，他们用亲手栽种的甘甜，和我这个回村居住的人兑换乡情。

望着他们镶了月光一样澄澈的眸子，我不知道，我多年被名利碾薄的灵魂，是否能兜住这乡情的重量？

蛐蛐声，蝉声，开始酝酿暮色。

一弦浅月，明亮亮的，像在村子里见过的火镰，只是镀成了银色。火镰划击燧石的火星，溅满了天空。

我端把小凳子，坐在院子里，陪着月光打坐。

月亮属于村庄，只有村庄静谧的，宽厚的院子，才能摊开洁净的月光。

在城市，我像一条在市侩喧嚣的浊流里力不可支的鱼，回到村庄，终于游进了月光的水流。

陪着月亮打坐，我被世俗累弯了的骨头，被月光一块一块扶起；我被虚荣搓疼了的肌肉，被月光一寸一寸熨帖。

陪着月亮打坐，月光漂洗我的灵魂。

何以动人？ "艺术的对立"！

人问，你的《我吻女儿的前额》感动千家万户，动人之处从何而来？你有什么秘诀？

来自传神的细节。传神的细节又从何而来？

（一）来自诗经。"赋、比、兴"是《诗经》经验的总结，"比"是"赋""兴"之比，以"比"概括诗经的三义。

（二）来自恩格斯对立统一的艺术辩证法。恩格斯要文艺家"把各个人物用更加对立的方式区别得更加显明些"。概括成一句话就是"艺术的对立"。

（三）鲁迅一语道破："天国的极乐与地狱的大苦最易激发诗情。"

或者是人物自身"艺术的对立"，或者是人物各个时段"艺术的对立"，或者是正文开篇与正文结尾两相照应的"艺术的对立"。

母亲去世，她是我家最苦、最受尊敬的人；女儿去世，她不相信眼泪，面对死亡非常坦然。我想她们却无以寄托，散文来叩门，我便学写散文，写了《我的母亲阎张氏》《不，我只有一个娘》和《我吻女儿的前额》《三十八朵荷花》《美丽的夭亡》，充满亲情、人情、人道和人性，报刊争相转载，不胫而走。

从此爱上抒情散文。

黑格尔说，艺术哲学可以作证——"环境的冲突愈多、愈艰巨，矛盾的破坏力愈大，而心灵仍然坚持自己的性格，也就愈显出主体性格的深厚与坚强"。

心灵对立构成艺术哲学。艺术的魅力源于善恶、美丑的势不两立，透过情感的反差、碰撞，凸显出深度的人格美、人性美。

而这一切，必须有传神的感悟和鲜活而深邃的细节支持，以便将人物推到情境的极限，让美丑的对立、生死的较量、感情的落差、两难的选择甚至渺茫的苦撑，变得韵味悠长、扣人心弦。

鹰抓小鸟时，小鸟绝望而啼叫，枭捕小兔时，小兔惊恐而哀号，我的女儿在吗啡都不能缓解疼痛和刺痒的无望下却没有高声喊叫、低声呻吟。

美丽的夭亡，她没有选择眼泪，总是一副和善的笑脸和一双值得依赖的眼神。

别了，三十八年的生命！别了，三十八年的骨血！别了，三十八年的清真、三十八年的芬芳、三十八年的眷恋和牵挂，连同忧伤的眼神、沉郁的心绪、爽朗的笑声以及温润的前额和双颊！

我服膺雨果二元对立的艺术辩证法，而且服膺他说的"主义之上，我相信人道；冷暖面前，我相信皮肤"。

文学感人的力量从何而来？来自真情的诉求、纯情的厮守，来自充满热情的内心，来自真假、善恶、美丑的对比。

王国维的《人间词话》写道："东坡之旷在神，白石之旷在貌。白石如王衍之口不言阿堵物，而暗中为营三窟之计，此所以可鄙也。"

契诃夫的小说："深刻的与浅薄的，伟大的与渺小的，可悲的与可笑的相结合。""安特莱夫竭力要我们恐怖，我们却不可怕；契诃夫不这样，我们倒可怕了。"果戈理的小说"开始可笑，后来悲伤"。鲁迅的小说亦冷亦热，亦喜亦忧，"哀其不幸，怒其不争"，把可笑复可悲的生活，化为悲喜剧交织的、无与伦比的现实主义图画。

吴冠中，"丰满而瘦小，富有而简陋，平易而固执，谦逊而倔强，誉满全球却像个苦行僧"。贾大山把每一篇小说当诗来写，深入展示北方农民苦难而智慧的灵魂，深沉但不沉重，悲悯却带幽默，内藏禅机，锤炼语言到了苛刻的程度。

我写女儿"美丽的夭亡"时"一边流泪，一边微笑"，"悲极而泣却忍着不哭，超越悲痛的极限"。"为了忘却而纪念，纪念又叫我永难忘却。""我怕死，但不是怕得要死，死像地震，它来了，你有什么办法？倒不如和死神相邀对饮，用微笑周旋，商量着办吧！"

我也运用"以乐写悲，倍增其悲"的手法。女儿热爱满头青丝，却以"秃头示人"，而且反复说"没头发好"，最后猛地一个转身，翘首盼青丝再生，"谁光头谁光去，反正我不！"

衰惫与坚强，凄怆与坦荡，生与死，抚慰与反抚慰，痛苦而镇定，生命的巨大反差，留给亲友们心灵上难以平复的酸痛。

吻别女儿，痛定思痛，觉得死亡也没有什么可怕。死后，我将会再见先我一步在那儿的女儿和我心爱的一切人，所以，我活着就要爱人，爱良心未泯的人，爱这诡谲的宇宙，爱生命本身，爱每一本展开的书，与世界上饱经忧患的思想家作精神上的交流。

"艺术的对立"，独特的反衬手法，直击人的灵魂深处。

但必须以传神的细节垫底，传神的细节来自长期的情感积淀，不玩弄辞藻，不把话说尽。

堪称经典的，是《红楼梦》的主题歌《枉凝眉》：

一个是阆苑仙葩，一个是美玉无瑕。若说没奇缘，今生偏又遇着他；若说有奇缘，如何心事终虚化？

一个枉自嗟呀，一个空劳牵挂。一个是水中月，一个是镜中花。想眼中，能有多少泪珠儿，怎禁得秋流到冬尽、春流到夏。

高矮·喜悲·美丑

——重读《高女人和她的矮丈夫》

冯骥才是位风格作家，其作品专注于人生苦乐，以妙语巧构取胜。《高女人和她的矮丈夫》被文坛列为上品。

多么荒诞的故事，多么恶劣的环境，多么险恶的人生，多么悲惨的世界，多么丑陋的夫妻，多么奇特的爱情，多么美丽的人性，多么鲜明的个性！然而，多么轻松，多么调侃，多么滑稽，多么冷峻，多么挖苦，多么平实！

你不能不承认那是个撕裂一切美的、恶丑的年代，你不能不承认高女人和她的矮丈夫是"没有谐调、只有对比"的，形影不离像穿一条裤子合二而一的，百般美满万般不幸的一对；你不能不承认这一对主人公个性突出，性格鲜明，感人至深。

然而，读者可曾发现，这对可怜的人儿通篇不说一句话，只有动作，从不开口（在我读过的评论中没有人指出这一点，这是个亮点)。人物不开口说话，人物却被生动地刻画出来，绝无仅有，堪称一"绝"。

秘密在于善用对比，而且是强烈的对比。

女人和丈夫的对比；小两口同"街道积极分子"的对比；不开口只动作和既摆弄口舌、又指指戳戳的小动作的对比；不开口、只摇头、不摇头也不点头，和口号震天响、撬地板、抓人押人的对比；高和矮的对比；丑和美的对比；恶和善的对比；悲和喜的对比；时间差的对比；前后打伞的对比。

一个高，一个矮；一个硬挺挺的搓板，一个溜圆而有弹性的小肉球；一个是细长的空酒瓶，一个是矮墩墩的猪肉罐头；高的一个平时打伞，矮的挨斗站在肥皂箱子上；七斗八斗，一个更高，一个更矮；打伞的早死，不打伞的打伞，伞下少了个女人，怀里多了个婴儿。

记得左拉有一个短篇，似乎是《陪衬人》，写千金小姐必有女仆相伴随。女仆必选丑陋无比者。唯其丑，更衬托出女主人的美。有钱人花钱买丑，目的为了出美。

电影《红高粱》一美一丑，闹出"我爷爷""我奶奶"当年一幕热闹戏。

贾平凹的中篇《美穴地》，女人何其美，男人何其丑，演绎成惊心动魄的传奇故事。

但在《高女人和她的矮丈夫》里，女人男人都是丑的，艺术难度更大。

裁缝的老婆和那高矮一对从不开口的怪夫妻恰恰相反，是个爱说长道短的"长舌妇"。她一开始就怀疑错了，以为矮丈夫有钱才赢得这门不雅观的亲事。为什么工资高有钱？因为搞科技情报；为什么搞科技情报？打算出逃。凭借这贫困的逻辑，她顺应了时代的潮流，荣任"街道积极分子"，直到"街道代表""保安主任"，把一对里通外国的丑夫妻斗得死去活来，好在自己的厚脸皮上画出最新最美的图画。后来，高女人死了，矮丈夫落实了政策，又有钱了。可爱的这位主任，很会把握时间差："文革"已经显露颓势，她仍以革命者的姿态从事革命活动，想以亲侄女为她手中的猎物续弦。

以令人作呕的本质丑衬托形体丑，对比强烈，更显其丑，更显其美。

于此，作者投掷的是狠心的一笔。

最精彩的是作品最后有关今昔荣辱、前后时间差的对比，照录于此，奇文共赏。

　　几年过去，至今矮男人还单身寡居，只在周日，从外边把孩子接回来，与他为伴。大楼里的人们看着他矮墩墩而孤寡的身影，想到他十多年来一桩桩事，渐渐好像悟到他坚持这种独身生活的缘故……逢到下雨天气，矮男人打伞去上班时，可能由于习惯，仍旧半举着伞。这时，人们有种奇妙的感觉，觉得那伞下好像有长长一大块空间，空空的，世界上任什么东西也填补不上。

两相对比的结果，美变为丑，丑变为美；善变为恶，恶变为善；悲剧变成喜剧，喜剧变为悲剧；可笑复可怜，可怜复可歌可泣。一阵阵心酸，又令人啼笑皆非。

不能说《高女人和她的矮丈夫》就是喜剧，但是它的喜剧构成是十分明显的。乐极生悲，悲极也往往生乐。现在人们谈论特殊年代的运动，不似当年那样悲痛，反而带有嘲笑、讽刺和幽默，我以为，这是精神的进一步解放，是更高层次的轻蔑。君不见拨乱反正的不少题材创作，痛定思痛，以喜写悲，反获艺术奇效，比如河南农民作家乔典运的《村魂》。而悟道最早、开风气之先者，当数冯骥才。他的《啊！》集忧愤深广与滑稽可笑于一炉，给我留下极为深刻的印象。冯骥才太灵敏、太聪明了！

除冯骥才外，开风气之先者尚有王蒙、张洁、谌容等。

世界真奇妙，一比吓一跳。

巧比才是艺术美。

1990年9月21日为《中国现代短篇小说欣赏辞典》而作

说"三"道"二"的哲学

《三国演义》里"桃园三结义""三顾茅庐""三英战吕布""三气周瑜""三分天下",尤其是三分鼎足、三国对峙,再加上以诸葛亮为首的谋士骚客凭三寸不烂之舌游说其间,正、反、合,左、中、右,敌、我、友,战、降、和,四处奔波,来回折腾,一波未平,一波又起,一会儿这个附耳过来,一会儿那个献上锦囊,今天他拉我打你,明天我拉你打他,后天俩联合起来收拾另一个,一来二去,三番五次,出奇制胜,血肉横飞,险象环生,悬念迭起,你死我活,好不热闹!

也有人写"两方"而不是"三国",例如楚汉之争,在太史公的笔下,如"鸿门宴"者,力拔山兮,威加海内,谋略大战,有声有色!但毕竟不像魏、蜀、吴三国问鼎那样纵横捭阖、波澜起伏,没完没了地吊胃口。又如当代世界格局,先前,美、苏两霸称雄,钩心斗角,争夺全球,文的、武的,年年月月好戏连台。后来,各方相互利用，相互争夺，开战与停战，谈判与对话，热点与冷战，政战与商战，血战与笑战，碰杯献花与安装窃听器，夺了众生百姓的眼球。再加上微电脑、高科技、机器人、电子武器，世界变得比万花筒还万花筒。新闻时时有，天天有戏看，岂是当年魏、蜀、吴三国比得！

"三岔路口"三条路的选择，"三堂会审"三种心理的异同和冲突，不是更耐人寻味吗？

"三角恋爱"比"混合双打"有看头。第三者插足给爱情的油锅里加进冰块。当渥伦斯基这个花花公子闯进安娜·卡列尼娜的绣房后，卡列宁一家炸锅了，高明如巨擘托翁，由此演绎出旧俄家庭关系的瓦解和道德精神的危机，世人喜看《安娜·卡列尼娜》。

我国以四大古典名著著称于世。《三国演义》三足鼎立，三分天下，合久必分，分久必合。《水浒传》官逼民反，梁山好汉为一方，达官显贵为一方，皇帝老子为一方；梁山内部又分聚义、忠义、招安三派，三方、三派之间的对抗和打斗、造反和招安，成就了有声有色、激越悲愤的历史说部。《红楼梦》里贾宝玉、林黛玉、薛宝钗三者的纠葛，酿成撕心裂肺的爱情悲剧，透露出三千年封建大厦将倾的消息。《西游记》，一个神勇的悟空，一个憨贪的八戒，加上慈悲的唐僧，三个人，又联手，又别扭，又和好，忽而天上，忽而水中，忽而地下，既大闹于魔窟，又出没于仙界，闯过九九八十一难，生出多少奇妙的故事啊！

"三思而行""三心二意"，甚至"三分钟的动摇"以至"事不过三"，足以见人物刻画之复杂、丰富和热闹。

在人类社会中，"三"是个妙不可言的数字。客观世界有"三维空间"，分管阳间的有天、地、人"三官"（或"三才"），又有日、月、星的"三灵"，儒家道德的"三纲"，中医划分的"三焦"。数有"三角函数"，万紫千红起于"三原色"，军队有"三军司令"，社会有"三教九流"，旧中国有"三座大山"，竞争有"三足鼎立"，人生有"三灾八难"，命运有"三生之幸"，遭逢有"三岔路口"，治世有"三民主义"，打仗分"敌我友"，历史有事、论、识，老资格有"三朝元老"，荣誉有"三连冠"，逻辑推理有"三段论"，归纳综合有"三位一体"，打官司有"三头对案"，办事有"三思而行"，著文有"赋比兴"，写戏有"三一律"，成全美事有"三笑"，足智多谋有"三人行必有我师""三个臭皮匠顶个诸葛亮"，担惊受怕有"吓得他三魂七魂魄飞天外"，这里头的学问大得很呀！

说"三"道"二"与中庸之道

　　我国古典哲学的最高成就，影响我国思维走势几千年，于今仍然管用的是"中庸之道"。"中庸之道"不走极端，平和中正，都与"三"字经有着密切的关系。

　　《论语·雍也》曰："中庸之为德也，其至矣乎！"朱熹解释说："不偏谓之中，不易谓之庸。中者天下之正道，庸者天下之定理。"他的《中庸章句》题注："中者，不偏不倚，无过不及之名。"《尚书·大禹谟》曰："人心惟危，道心惟微，惟精惟一，允执厥中。"《论语·尧曰》曰："天之历数在尔躬，允执其中。"朱熹在《答陈同甫》里解释说："所谓'人心惟危，道心惟微，惟精惟一，允执厥中'者，尧、舜、禹相传之密旨也。"

　　啊，"中庸之道""天道尚中""允执厥中"，以至于"以和为美""圆融""圆通""圆满""圆和"种种，智慧有加，实验有成，大放哲学思辨的奇异光彩。道家说，若能"得其环中"就能"以应无穷"。有"一"才有"中"，有"中"才有"公"，有"公"才有"正"，有"正"才有"和"，有"和"才有"谐"，天人合一，不偏不倚，社会和谐，和气生财，和为贵，不愧为我国哲学史上最伟大的发现，思想史上最可宝贵的精神财富！

意味深长的是：文学理论界在现实主义同现代主义长期的、无休止的争辩中，竟然冒出一个"现代现实主义"。经济学界在资本主义同社会主义、姓资还是姓社的看似势不两立的酷辩中，竟然蹦出个"资本主义社会主义"。

康德把认识分为感性、知性、理性三种，把人类心智活动区分为知（理性）、意（道德）、情（审美）。黑格尔的哲学体系严格遵守三段式：自在、自为、自在自为，他的思维活动之三范畴为：个性、特殊性、普遍性，对此，马克思和恩格斯评价很高。马克思的从具体到抽象到相对真理和毛泽东的从实践到认识再到实践到认识，与"三范畴"一脉相承。毛泽东将战争分为：战争（普遍）、革命战争（特殊）、中国革命战争（个别）。巴甫洛夫根据三个基本特征（强度、灵活性、均衡性）的不同组合，将高级神经活动分为三种类型：艺术型、思维型、中间型。美感的三层次：直觉感、领悟感、超越感。美感的三类型：优美感、崇高感、滑稽感。审美个性的三方面：审美欣赏、审美创造、审美批评。诗歌有情感、智慧、具象。小说有人物、情节、语言。艺术有真、善、美。歌德将艺术分为自然的单纯模仿、作风和风格。绘画是抽象、具象与二者的结合。中国画是写意、工笔和意工结合。艺术又可分为视觉艺术、听觉艺术、语言艺术或时间艺术、空间艺术、综合艺术。红、黄、蓝是三原色，深、浅、中是三色阶。

所以，1990年初，我在一篇小文中写道："'只知其一，不知其二'是僵痴；'对立统一''一分为二'是世情；'你、我、他''正、反、合''一波三折'是才分。""只知其一，不知其二"，不对；"只知其二，不知其三"，也不见得对。当一事物"一分为二"无法达到"庖丁解牛"的精准程度时，请不妨"一分为三"，也不妨"仅得乎中"，庶几能够指迷津、助文思，不失为成有先例的旧门道里的新思路。

对于艺术创作来说，我想，"三"的奇想和"中"的妙用，定然会激活缕缕新文思，开拓一方新天地，戏中戏，戏套戏，戏外戏，别有一番滋味在心头。

有人或许严加盘诘：知道"一分为二"谁提出来的吗？不错，毛泽东！

1957年，在莫斯科共产党和工人党代表会议上，毛泽东说："一分为二，这是个普遍现象。"实际上是批评赫鲁晓夫把斯大林一棍子打死。后来又引古人的话"一尺之铎，日取其半，万世不竭"，说明事情可以无穷无尽地分割，无合即无分，无分即无合，人的认识是对事物分析、综合的反复实践。事物都是可分的，最基本的形式是"一分为二"，但，不止于"一分为二"。真理面前不应止步。

在哲学、社会学、美学和文艺理论批评的赏析中，仅仅依据两个概念、两个段式、两个范畴进行阐述和解析，诸如感性和理性、个别和一般、这面和那面、此时和彼时。把矛盾的双方完全对立起来，无视中间状态的存在，只讲矛盾斗争、一方灭掉一方，不讲转化和统一、三思而后行，结果，事与愿违。

我们对人的优点和缺点实行"两分法"，我们也要学会大赛中最后得分的办法："取掉最高分，再取掉最低分。"也就是毛主席曾经倡导过的："抓两头，带中间。"他说："抓两头，带中间，这是一个很好的领导方法。任何一种情况都有两头，即是有先进和落后，中间的这头是多数，抓住两头就把中间带动起来了。"

《幽默小说选》后记

　　生来爱好幽默，编一本幽默小说的书是我的夙愿，今在宁夏人民出版社和王蒙的鼎力支持下（他欣然作序）如愿以偿。

　　我这个人，出身不好，命途多舛，从狗崽子特嫌（说我1936年即四岁当过伪保长，还收过租子)，到"文艺黑线小爬虫"、现行反革命、"五一六匪徒"，被关过、审过、打过，当过苦力，坐过喷气式。从饿肚子到胃出血，患恶性肿瘤，做过十多回胃镜。心情常常不好。往往工作到深夜，不知过年过节啥滋味。吃不好，喝不好，燃烧着一根少油的灯芯。人不堪其苦，人多以为怪，但年过半百，头发不白，牙齿坚固，说话不啰唆，行路快如风，什么诀窍？一句话说完：再累、再气、再晚也得开开玩笑听听音乐。

　　我原先有顾虑，称有成就的作家为"幽默小说作家"，人家愿意吗？"是不是降低了作家的身份？"王蒙立即校正说："不是降低，而是抬高。"

我广泛地、非常谦恭地向"幽默作家"请教，收获是出乎意料的。《幽默小说选》里所选，大多是我国新时期幽默小说作家、幽默小说大家或幽默小说大师的代表作，集中起来一看，啊，这么好，这么多，真没想到！从今以后，我们完全可以亮出"幽默小说"的牌子，完全可以提倡"幽默小说"的创作，使幽默小说家成为我国最受群众欢迎的人。

幽默文学，古已有之，世界亦然，不过"幽默"的译音20世纪20年代才传入中国，林语堂翻译过来以后变成"国货"。对于幽默文学，我们研究不够，多年来不敢提倡，因为幽默与讽刺常常联系在一起。所谓"讽刺与幽默"，讽刺有非政之嫌。幽默岂止同讽刺关系密切，诙谐、取笑（笑话）、逗乐、滑稽都和幽默有关，多发噱之语，使人发笑，就得夸张，不管其中的人物本身是否可笑。然而，幽默不是调皮油滑，不是寻开心、耍贫嘴；也不仅聊博一笑、有趣而已。幽默骨子里有诚实和崇高，它于清醒中用夸张，于可笑中见智慧。有人问：怎么解释王蒙作品的"耍贫嘴"呢？那也是幽默的一种手段，嘻嘻哈哈论名理、谈人情，"滑头，就滑头，再加二两桂花油！"灵魂是庄严的。

林肯，被称为"伟大的解放者"，也被称作"美国幽默之王"。林肯"能把一只猫儿逗笑"。他在庄严的大会上宣读著名的《解放黑奴宣言》，竟然"耍贫嘴"："先生们，为什么不笑？如果没有笑，我可活不了！"他说"幽默是润滑剂、镇痛剂""把我从许多冲突和痛苦之中解救出来"。

《笑府》《广笑府》的编者冯梦龙说："古今世界，一大笑府，我与若皆在其中，供人话柄，不话不成人，不笑不成话，不笑不话不成世界。"

笑能笑人，亦能醒人，"虽然游戏三昧，可称度世金针"。

鲁迅是幽默大师，《阿Q正传》是幽默小说之冠。幽默文学与新文学同时出现并发展，这一现象意味深长。老舍、赵树理都是幽默大师，周立波的小说不乏幽默感。1961年，马识途发表在《人民文学》上的《最有办法的人》何等新鲜！次年又发表了《两个第一》和《挑女婿》。在新时期小说林中写幽默的作者，王蒙、高晓声、陆文夫、蒋子龙、冯骥才、李国文、邓友梅、苏叔阳、陈建功、陈国凯以及尤凤伟、楚良等都是自觉的，佳作不断出现，可惜文坛重视不够，我只读到陕西陈孝英等同志论王蒙幽默的寥寥几篇论文。总之，现在是编选幽默小说集的时候了，有热情也有条件。

作家们很支持这一编选工作，纷纷复函给我鼓气。

马识途写道："讽刺和幽默小说在我国实在不景气，你拟编一本《幽默小说选》提倡一下，是大好事。"蒋子龙称自己的幽默小说为"有点辣味的小说"，冯骥才称自己的幽默小说是"取笑小说"，他们认为编这本书是"干事业""说干就干"。陈建功说："我的小说，亦悲亦喜的多，也许算'灰色幽默'吧！"王蒙不忘他的"维吾尔的'黑色幽默'"。陈国凯不忘他的"荒诞的梦"。苏叔阳说："出《幽默小说选》很好。令人捧腹大笑者，大约不能算幽默。"张长说："其实，东方人的幽默更深刻，更有哲理味儿，作家有责任唤起人们脑海中不知什么时候下潜了的意识，即幽默感。"李国文的话更使人感动，他说："当代中国刊物如林，独缺一份类似鲁迅、林语堂办过的《论语》那样所提倡幽默的刊物，是一大憾事。也许和中国人或中国这个民族缺乏幽默感有关系。沉重的，读后如同一块砖头，压在心里的文学当然需要，但全是一块砖头，人就会被压得喘不过气来，所以，我爱读一点，或写一点轻松的（其实也未必轻松）东西，假如你有兴趣主办这样一个刊物，我想一定会有销路的。"

国文有识，但，能办成吗？

书中所选，也许有不是严格意义上的幽默小说如乔典运的《村魂》，还是选了，什么原因，模糊美学所使然也。

百花齐放，百家争鸣，从今往后，"中国幽默小说"的牌子应该高高地挑起！

只有一个孙犁

中国解放区以来的文学史上，只有一个孙犁。孙犁个人的秘史是一部中国当代文学的野史。"礼失，反求诸野"，野史往往成信史，想要老老实实为中国文学修史，能绕过孙犁吗？

孙犁一生分三个阶段。根据地时期和新中国成立以后不一样，"文革"以后和"文革"以前又不一样。刚粉碎

"四人帮"，孙犁对从维熙的《大墙下的红玉兰》甚表赞赏，但对作品的悲剧结局不大满意。后来，他把世事看透了。只有把这三个阶段结合起来进行研究，才是一个完整的孙犁。这好像禅语说的："见山是山，见水是水；见山不是山，见水不是水；见山还是山，见水还是水。"

但是还不够完整。现在，孙晓玲的书提供了不少鲜为人知的生活细节，一幕幕，像是孙犁的窃窃私语，很动感情，那正是孙犁写作的环境背景和情感资源，只有补充上他女儿这样的回忆，孙犁才算是"完整"了，成了鲁迅教人研究的"全人"。

孙犁前半生在人性恶中发现人性美，教人感恩教人让，让人间充满爱；孙犁后半生，发现人中有兽、人性有恶，有内斗的残酷、丑恶甚至罪恶，忍看朋辈成新鬼，孙犁愤怒了。

孙犁是最爱人、尊重人，最有艺术良心，最看重性灵，最布衣和善，最低调、漫不经心却直逼人心，最老辣，最不图虚名而对美学信仰毫不动摇的文场巨擘，是经过残酷的战争洗礼和更残酷的炼狱洗礼，成为中国革命文学史上以真文学独步文坛的第一人。

实际上，学孙犁者大有人在，学孙犁的"荷花神韵"，学孙犁的真和爱，学孙犁的怨、怒、恨，特别是学孙犁诗化的语言，但学着学着走了样，殊不知"意态由来画不成"，正像贾平凹说的"孙犁是最易让模仿者上当的作家"，"佛是修出来的，不是练出来的"。默默学孙犁而得其神韵的，我和孙犁研究专家我的弟弟阎庆生异口同声，指认徐光耀！但徐光耀主要学孙犁的后期，因为孙犁的身上存有鲁迅的骨血。

晓玲的回忆不仅使我深信"仁者爱人""诗穷而后工"和"义愤出诗人"，而且使我看到一个现象：中国传统文人的背后大多有个贤妻良母，她和他清贫相随，生死相守，刻骨铭心。与此同时，我想起柳青、吴冠中等，还有王蒙。孙犁的《亡人逸事》我读过无数遍，读吴冠中的《他和她》也每每下泪。吴冠中说，我崇拜鲁迅，没有鲁迅民族将失去脊梁。又说，我死后，我的散文比我绘画的赏者要多。离世前几月，他和夫人在我们楼下路边的洋灰座上把他印章的正面磨了个精光。

柳青当年对我说："一部作品，评价很高，倘若不在读者群众中间受考验，再过五十年就没有人点头了。"晓玲在书里回忆孙犁说过："我作品的寿命是五十年，不算短寿，是中寿。"可是《白洋淀纪事》《铁木前传》早已过了五十年。贾平凹也说，作品起码能活半个世纪的作家，才可以谈得上有创造，孙犁虽然未大红大紫过，作品却始终被人学习。清代大学问家阮元要求更高："学术盛衰，当于百年前后论升降焉。"孙犁能不能再跨过半个世纪？

我问自己：人欲横流，中国还需要孙犁吗？

"讲好中国故事"，想起孙犁说书

孙犁很喜欢"说书"，认为宋人说书讲故事的风趣，听众喜闻乐见的传统，一直影响后代文人的创作。

假若采取眼前的生活编成大小小的故事，像《三国》《隋唐》《说岳》那样广为流传，岂不甚好！

一，叙述的是现实生活里的故事，群众爱好。

二，所用是群众的语言，非常流畅，果真是"谈古论今，如水之流"。

三，故事关风，洋洋乎呈现时代的伟大面貌：话须通俗方传远，语必关风始动人。

这是中国小说很可宝贵的传统，该是当今作家"讲好中国故事"的"座右铭"吧。

一个人的遭遇，两代人的死生

——从维熙与吕荧

　　从维熙的新作《我的黑白人生》由生活书店出版。在作家与读者的见面会上，我百感交集。一个人的遭遇，两代人的死生。时在2014年8月23日晚，会场坐满了，年轻人居多。

　　从维熙是新中国第一代声名鹊起的青年作家，《大墙下的红玉兰》《远去的白帆》是"大墙文学"的始作者，开辟了文学史的新时段，即"冰河解冻"的时期。

　　从《大墙下的红玉兰》到《走向混沌》再到《我的黑白人生》，从维熙大体上完成了自己。

　　现在出版的《我的黑白人生》，对于"大墙"里非人苦难的再现，以及对暴力折磨的愤怒，达到白热化的程度。你能忘记骷髅一般躺在冰冷的破被里，没有叹息、没有眼泪，彬彬有礼的学者吕荧吗？美学家吕荧死了，埋在荒草丛中，没有任何标志，后来起地引水，改为大芦花荡的养鱼池，草密鱼肥，一切有形的罪恶被抹得干干净净。

你能忘记母亲拐着小脚，背着食品，拖着孙儿，赶火车，步行几十里，到渤海湾边上的茶淀劳改农场探监看儿子吗？能忘记母亲脖子上挂着木牌子扫马路一再叮嘱说："没被打死，算阿弥陀佛了，你放心，妈挺得住！"

记忆没有被关进监狱。今年春季，明媚无霾的一天，从维熙邀上邵燕祥、柳萌我们一行，去茶淀北京监狱参观，人性化的管理堪称模范，卫生医疗条件也属上乘。

我们特意让从维熙这位"老犯友"领着，直奔大芦花荡，一路坦荡，旧貌换新颜，唯当年的炮楼依稀可见。再到"老残队"旧地，寻访年轻时就出名的美学家吕荧被监禁的囚舍，一无所有。去墓地吧，远远望去，白茫茫，空留一泓鱼塘。

归来，监狱管理局的领导手捧《我的黑白人生》交口称誉，旧事重提，忆苦思甜，庆幸今天过上好日子，欢声笑语。席间，一大盘鲤鱼上桌，主人夸赞本鱼塘的大鲤鱼美味无比，觥筹交错的一刹那，我心头一惊，执杯的手有点哆嗦，想起葬身鱼塘风度翩翩的美学家吕荧先生。

我为什么要用这样一个题目怀念路遥？

"神仙哟挡不住人想人！"我为什么用这样一个题目怀念路遥？

想为他招魂。

路遥吸的是劣质烟草，栽种的却是香花；吃的是野草，吐的是鲜奶。

路遥像土地一样奉献，像老牛一样耕耘。

路遥所有的作品，都是蘸着悲欣交集的泪水，甚至蘸着自己胆汁写成的。

很长一个时期种粮食的仍然吃不上粮食，这不公平，很不公平！

路遥坐不住了，面对大量复杂多重的交错关系，苦闷三年，灰心和失望贯穿始终。《人生》诞生了，《人生》为农村青年寻觅人生的道路。

人生的道路崎岖难行，故事的情节大起大落，高加林不断地翻跟斗，由挤掉到荣任，又由荣任到被挤掉，人情世故全有了。高加林在事业上的三部曲，演绎成他同巧珍爱情关系上的三部曲，再转变成同亚萍关系的三部曲，最后引出同父老村民们关系的三部曲，从而在复杂多变的生活难题面前，呈现出生动而深刻的现实关系。

路遥终生的心愿：一，让贫瘠的黄土地变为绿洲；二，让农村知青千锤百炼，自主创业，变"悲惨的世界"为"不平凡的世界"。

路遥的作品历久不衰，仅长达百多万字的《平凡的世界》，迄今印数几近两千万部。

一般作家成名作之后，很难有作品突破自己，路遥四十二岁去世时已经将"严重的问题是教育农民"一变而为"严重的问题是接受农民的教育"，并且雄心勃勃，说："还有好几部长篇要写，每一部都超过《平凡的世界》！"

中国文坛，只有一个性格倔强、百炼成钢、抱恨终身的路遥。

1990年路过西安，看望路遥，谈话触痛他的心，他流泪了，低着头，一根接一根点燃劣质烟草，别时，却把两盒红塔山硬塞到我的口袋里："代问北京的朋友。"我明白，眼圈也湿了。

一条陕北汉子，只活了四十二年。一个老人我，白发人送黑发人。

三十多年了，人们没有忘记那里的土地和饥饿，没有忘记这个人充满个性特色的刚强，没有忘记他心心相印的高加林、刘巧珍、孙少安、孙少平、田润叶、贺秀莲、田福军、田晓霞以及彼此间脉脉含情的孤寡师母惠英嫂。

路遥非常喜爱信天游，说信天游用普通话唱就把陕北民歌糟蹋了，用陕北方言唱，一下子就扎进人的心窝窝，才会有一种魂牵梦绕的味道。

路遥走了，走得太早，我怀念他，就用这条陕北汉子爱唱的信天游吧：

山挡不住云彩树挡不住风

神仙哟挡不住人想人

羊肚子手巾哟三道道蓝

咱们见面容易拉话话难

一个在那山上哟一个在那沟

咱们拉不上那话话招一招手

瞭得见那村村哟瞭不见那个人

泪格蛋蛋抛在沙蒿蒿林

也想起大山

一

读习近平总书记的《忆大山》。

  ……此后的几年里，我们的交往更加频繁了，有时他邀我到家里，有时我邀他到机关，促膝交谈，常常到午夜时分。记得有好几次，我们收住话锋时，已经是次日凌晨两三点钟了。每遇这种情况，不是他送我，就是我送他。为了不影响机关门卫的休息，我们常常叠罗汉似的，一人先蹲下，另一人站上肩头，悄悄地从大铁门上翻过。

  …………

  ……临分手时，俩人都流下了激动的泪水，依依别情，难以言状。

动人心者莫过于那份平等待人的真情。一个地方的执政者，面对思想活跃、敏感多思甚至"多嘴多舌"的作家掏心窝子实属难得，更何况是一位非党作家。不歧视，不俯视，也不设防，礼贤下士，虚心请教，终于在一个共同点上有所理解和发现，从而结为好友。

难怪习近平总书记号召全党改进文风，强调说，改进文风，领导要带头在实际生活中"望闻问切"，进一步创造鼓励讲真话、提倡讲新话的宽松环境。

党员领导干部如何团结党内外作家，不妨先在感情上进行沟通，寻找共同点，然后心心相印。

二

1983年7月，通知我到《小说选刊》参与扩版和扩大发行的工作，匆忙上路，直抵伊犁，自伊犁，再乌市，过兰州，经宝鸡，到西安，沿省叫卖。

在西安，和新上任的《人民文学》主编王蒙不期而遇，副主编崔道怡与他同行，他们也为扩大刊物的影响四处游说。

王蒙已经当选中央候补委员，到什么地方，什么地方的政府负责接待。王蒙说他很不习惯，可是没有办法，我倒是冒充了一回首长。

从延安到太原，过河北，看望当地作家，回京途中，到了正定，在张庆田的陪同下，专程拜谒大佛寺，意外地遇见贾大山。

《取经》之后，大山以孙犁为师，纯正、简洁、幽默又兼幽深，琢磨他自己写作的路子，深入浅出，避贤敛迹。地区和省上几次调他，他不去，这一点很像乔典运，真心为农民写作这一点上，也像乔典运。静如处子，心到神知，古井无波，严格素食，又像是出家人。但是在众人举荐和县领导的反复动员劝说下，从文化馆长升任正定县文化局的局长。

此时的大山，正受命修复隆兴寺大悲阁、天宁寺凌霄塔和开元寺的钟楼，使古刹逐渐恢复其盛世的风貌。他视文学如生命，也潜心于文物和古建，就地扎营，汗湿涔涔，夙夜匪懈，人不堪其苦。由他陪同我们参观，当然是最理想不过的了。

面对海内宝刹第一名区的"大佛之城"，大山如数家珍，依次介绍世界古建筑孤例的宋代建筑摩尼殿，鲁迅先生誉为"东方美神"的倒座观音，中国古代最精美的铜铸毗卢佛，还有隋碑第一的龙藏寺碑等，其极富宗教教义、建筑学智慧和雕塑艺术之美的解说，把我等顿时引入佛门净土。

大山兴致勃勃，但一圈转游下来，兴奋之余露出疲惫的神色，他太累，深感肩上担子的沉重。

左起：张庆田、阎纲、王蒙
右起：崔道怡

　　我们要离开，大山把我拉到一旁。我抢先询问他的工作情况和写作情况，他说文化局的工作责任重大，现在又搞修复，两头忙，哪顾得上写作！我一再嘱他再忙也得写点，他却一而再、再而三地提醒我再书生气也得帮咱基层说句话，多少给大庙化点缘。

　　返京路上，我向王蒙转达了大山"化缘"的请求，王蒙说"看情况吧，尽量"。我们没能给他"化"到"缘"。现在想来，要是推迟到1986年王蒙当上文化部长，我接着主笔《中国文化报》，事情也许一蹴而就，因为当时的文化部管着国家文物局。

十四年后的1997年2月，大山食道癌逝世，前后又有鲍昌、张弦、刘绍棠、路遥、邹志安、金铮、杨凤兰、乔典运和王保成英年早逝，我很难过，哀其不幸，写了《忍看朋辈成新鬼》。

大山耐得寂寞，厚积薄发，把每一篇小说当诗来写，作品越改越短。后期的小说颇有古风，深入展示北方农民苦难而智慧的灵魂，深沉但不沉重，悲悯却带幽默，锤炼语言到了苛刻的程度，内藏禅机。

大山的作品不多，但精致。孙犁说读大山的作品像是吃未经污染的棒子面，"一片慈悲之心向他的善男信女施洒甘露"，还"诌了四句顺口溜：小说爱看贾大山，平淡之中有奇观，只是作品发表少，一年只有四五篇"。

大山的文学简历非常简单，生前没有作品集出版。铁凝仗义，亲手筹划，出版了《贾大山小说集》，写了感人的序言。

人性·兽性·复杂性

　　我曾一再强调：至关重要的是人物的情绪和关系。文学创作贵在人物塑造，文学评论贵在人物分析，包括对作家本人进行分析，解微言以见大义。

　　我也在不少文章里分别引用托尔斯泰和高尔基的话，提出"性格复杂性"的问题，鼓动作家写人的复杂矛盾和心理变化，要求作家"指出一个人时而是魔鬼，时而是天使，时而是智者，时而是白痴，时而是力士，时而又是浑身无力的人"，一再呼吁人物灵魂世界鲜明性、复杂性的统一。列宁多达六七篇关于托尔斯泰的专论，运用辩证对立的方法剖析托翁的"十分显著的矛盾"。我惊奇地发现，列宁在评论小说集《插在革命背上的十二把刀子》的文章《一本很有才气的书》时竟然写道：这部小说怀有"切齿的仇恨""有的地方写得非常糟"，但"有的地方写得非常好""精彩到惊人的程度""真是妙透了""极有才气"。因为他"亲身经历过、思考过和感受过"。作者呢？却是个"忿恨得几乎要发疯的白卫分子"。文学化的人物何其鲜明又何其复杂！

黑格尔的美学追求："既在作品中忠实自己，又承担诸多社会矛盾。"意味深长。

我常常呼吁作家：写复杂吧，复杂地写吧！于复杂中见鲜明，于丰赡中求统一；复杂才是心灵的辩证法，才是人的属性，才有感染力。非复杂多样不能呈现"一致而百虑"，从而对抗概念化、千人一面。

当然，人皆由复杂而完整，具有质的确定性，剖析人物应着眼于内心冲突、情感反差这一从多元对立到一元统一的变化过程。故此，1984年以来，我大呼小叫，提出"学写对立统一即艺术辩证法的文学评论"，恩格斯轻轻拨动手里那把"对立统一"的钥匙，歌德灵魂的秘密便暴露殆尽。我又想起恩格斯《反杜林论》里的一段话："人来源于动物界这一事实已经决定人永远不能完全摆脱兽性，所以问题永远只能在于摆脱得多些或少些，在于兽性或人性的程度上的差异……"尼采甚至说得更绝：人比猴子还要猴子！

人的复杂性表现在人性与兽性的连体和交恶，如何把真善美统一在作品人物的身上，是个异常艰苦的挑战，容不得半点教条主义简单化。

真正的作家、评论家总是为抵抗平庸而战。

我心里明白，练就一手知人论世的好文章谈何容易！魏晋风度的"清峻、通脱"——鲁迅解释为简约、严明和随便的风格很对我的胃口，然而，地基有多深，房子才能盖多高，我一边勤学苦练，一边望洋兴叹。

情寄《边城》

　　余致力文学评论凡数十年，不知文学为何物。配合任务写的文章，基本上是些垃圾。

　　今吾老矣，老年孤处，四壁生寒，却常常做梦，梦见亲人，按照民间的说法，大限将至，地下相会之期已经不远了。

　　今吾老矣，又像王蒙说我，非常执着，硬肯找死理。

　　文学到底是什么？鲁迅说文学是战斗的，也是休息的。"战斗"了大半辈子，现在，我想"休息"。

　　正好应了深山老林一座寺庙的楹联：

　　　世上忙忙碌碌松下何妨息息片刻
　　　人间熙熙攘攘泉边亦请洗洗尘心

　　洗洗尘心，我找啊找，找到了，是"世外桃源"的《边城》，作者沈从文在这里建造"希腊小庙"，小庙里供奉的是"人性"。

沈从文说，我对河水，对夕阳，对拉船人同船，皆那么爱着，十分温暖地爱着，我感动得很。我对于人生，对于爱情，俨然与人不同。因为我爱世界，爱人类。

他笔下的景色，像水墨画，静静的，淡淡的，清可见底，深水静流，把他的人物尤其是少女翠翠烘托得水一般的青翠、山一般的稳重。

沈从文崇拜美，形之于美，让人感觉，让人回味，十分讨厌说教。

《边城》1934年出版，文坛震动，沈从文，天才，不过三十六岁。

接着的是谴责之声，说作品里没有坏人，逃避阶级斗争和抗日战争。

沈从文开掘的正是人性美，愿整个社会成为一个大家庭。《边城》是遥远的乡愁，是作者理想化的现实，他耿耿于怀的是尚未被现代物质文明摧毁的田园牧歌、淳朴民风。

天真的翠翠，爱得那么纯净那么隐忍，兄弟二人赛歌让翠翠选婿，老大出走，爷爷死了，老二赌气远行，她大哭，哭了一夜，长大了！

《边城》的结局是等待。"这个人也许永远不会回来了，也许明天回来。"不尽的想象和思念。

沈从文的边城之恋音犹在耳："爱情需要的，不是门第，不是金钱，而是从心底流出的热情的歌。"

《边城》的语言也清丽，与人心一起跳动产生共鸣。汪曾祺说《边城》的语言是沈从文盛年的语言，"每一句都饱满，充满水分，酸甜合度，像一篮新摘的烟台玛瑙樱桃"。

孙犁、贾平凹都曾说过，真正有生命力的作品，自会跨越五十年。他们一老一少尽管被斥之为进城后的"小资产阶级情调"或海淫海盗的"流氓小说"，却早已跨越半个世纪而且仍然在向前跨越。

《边城》还活着!

孔子死后几百年才"独尊儒术"；到明代，才有"唐宋八大家"之誉称。

沈从文一直活在人们的心里。

我爱林黛玉

素言先生涉笔《红楼梦》的大著《别猜了，就是一部小说》叫我题写感言。就全书，我难以置评，但是对他笔下的林黛玉颇感兴趣。

吴宓说，黛玉直道而行，不屈不枉，终归失败。

俞平伯认定《红楼梦》是自传，书中人物、事情切切实实而非虚构。

何其芳论《红楼梦》，写道林黛玉无法表达自己的爱情，只有同悲伤和眼泪陪伴。她性格上的最强烈的色彩是悲哀和愁苦。遇到一个"知己"却是无望的爱情。尽管不幸已经快要压倒她，她仍然并没有屈服，她比贾宝玉更具有强烈的时代和阶级的色彩。

陈晓旭说，对我影响最大的三个人是曹雪芹、庄子、释迦牟尼。《红楼梦》是一部佛经，写出了人生的苦、空、无常。

她独到地指出，黛玉的一生是来"酬愿"的，用她一生的眼泪偿还贾宝玉对她的灌溉之情，心愿已了后，带着解脱的心情回到天上。

2007年2月23日，陈晓旭在百国兴隆寺落发出家，法号妙真，举世震惊。她却发表声明："出家不是消极避世，而是更积极的人生选择。"

素言先生在本书中写道，林黛玉灵气四溢咏絮才，只会作诗和流泪，洒脱而优雅，质本洁来还洁去。

呜呼，以上高论，有多少读者就有多少个林黛玉！我只有多读细思，读出"酬愿"的寓意，便联想起宝玉挨打的一幕。宝玉挨打，该来的都来了，怎么不见黛玉？黛玉来了，眼睛哭肿了，像桃子一样大，这是从心底流出的爱，难怪宝玉最后出走，不然，对得起黛玉吗？

我爱黛玉，爱她对爱的执着，爱她敏感又感伤、刻薄又讥讽，爱她独立的人格、自由的思想，爱她对礼教的鄙夷不屑，趋向现代理性的爱。

我一遍一遍地读着《好了歌》，《好了歌》就是林黛玉的宿命。大千世界，由空变色，由色变空，四大皆空，落了片白茫茫大地真干净。

哈，素言原来女儿身——才女！

寻梦，让思绪飞扬

——《九嵕行吟》序

文学是什么？文学是人学，人的情欲学，人是社会关系的总和。

诗是什么？诗是文学的魂。可见吟诗之难。

晏娟自小读诗，年轻轻就写诗，而且写格律诗。我2019年回县，就发现她的《九嵕山》。《九嵕山》精短，是我读过类似题材中难度最大的一首。

大不过秦岭/高不过华山/用脚丈量/也不过一小时的休闲/更无碧波环绕/一直沉默寡言/却站成了一个硬汉/日夜守护千古明君

唐王陵在，阙消弭于尘烟/唯贤是举的胸怀/让魏徵敢谏

群妖斩于马下/人间从此有了贞观/让千年后的子孙/依然朝圣一般

春说来就来了/五彩的童话让世界斑斓/冰霜在明察秋毫的光中/融进了春天/只有你/不奇、不险/依旧坐拥一代明君而眠

…………

草又绿了一年/读懂九嵕山的人成了硬汉/飘飞的云朵醉了人间/只有你/只看，不言

仅仅187个字！

后来读她的《七律·冰凌》：

原是柔肠百转身，缘何冷面对晨昏。

繁华历尽不为水，衰落岂能屈作云。

珠泪暗滴哀草叶，玉魂伫立阻风尘。

春来杨柳青青日，渗入泥中长伴君。

奇思妙想，比兴大胆，诗味浓郁，音切律工，没有败笔，没有因韵害意，仅仅56个字，才华横溢！类似的好诗还有不少，如《七绝·雪》《七律·湖中柳》《七律·重阳节感怀》等。

她也填词，《沁园春·咸阳湖》：

十里清波，醉卧三桥，环绕众楼。望白云

尽处，青山隐隐，碧林故里，群鸟啁啁。紫月穿杨，金光染柳，鸥鹭翩翩入水游。湖方静，映千重丽影，点亮春秋。

何由？谁主沉浮？让百树千花列岸头。更寒来暑往，此消彼长，月圆月缺，似去还留。风雨无声，朝童暮媪，几度荣衰几度休。清辉夜，系一钩弯月，独自行舟。

律诗平仄规范，对仗工稳，填词亦然，很见功夫。

她也长于古诗，从韵律里解放出来，自由抒发，洋洋洒洒。但是，囿于一隅，阅历不深，技巧娴熟而气韵不足，小家碧玉。

晏娟告我说，格律诗虽好但"费力不出数"！我说，加之深奥精炼和频繁用典，读者日稀。她说想写非虚构的文字，而且已经动笔，我表示支持。纪实文字放手写，吟诗填词照旧写，诗情画意要贴着地面找，要寻梦，让思绪飞扬。

"何似举家游旷远，风波浩荡足行吟。"（郁达夫）

什么是陈奂生性格？

我要论及的，是高晓声系列小说的主角陈奂生。提起此人，大大的有名，可惜他成不了生活的主角、国家的主人。

陈奂生终日劳碌，半生清苦；忍气吞声，逆来顺受；好心办事，事与愿违；世道大变，人情难测，一身清白的本色农民，掉进"关系学"的五里云雾。陈奂生纳闷了："难道这是应该的？"

陈奂生有点像阿Q，糊涂，屈辱，可笑，不理解革命，又像闰土，老实善良到愚昧麻木的程度。陈奂生相信共产党，像是解放了的阿Q和闰土，然而还肩着阿Q和闰土因袭的重担。

陈奂生由此而成为真正意义上的艺术典型。这样特殊的典型人物，能数得出几个呢？

老实人遇上不老实的社会！种了一世田，落了个"漏斗户"的罪名；生产粮食的，反倒没有粮食吃，世道不是太坏了吗?

陈奂生力气不比人家小,劳动不比别人差,但是吃不饱,背了一身债,不是钱债,是粮债。近十年来,他年年亏粮,而且越亏越多。他劳动,他勤快,他挨饿,他低头,他木然,然而不抱怨,不叫苦,即使饿得头昏目眩,也照样下田,一刻不丧失信心。但是,他没有盐吃,不得不像偷儿一样忍痛在不够吃的粮食里再拿出一点来卖黑市。搞副业吧,他坚决不干,那是资本主义道路。"事实是为需要服务的""再饿一年看"……看也是忍,到头还是忍。

他竟然老实到忍气吞声、逆来顺受的地步。

高晓声透过一个单纯的农民所具有的复杂性格——"陈奂生性格"的描写,提出或暗示出相当要害的社会问题——农民问题。他把中国革命中农民运动的至关重要性同农民的不幸遭遇联系起来;把农民的历史责任感同农民对革命的不大理解,甚至麻木联系起来;把农民对党的感激和信赖同党特定时期的农村政策脱离实际联系起来;把农民的忠厚老实同基层干部不正之风联系起来;把"严重的问题是教育农民"同问题的严重是接受农民的教育联系起来;最终,把中国农民的命运同党的十一届三中全会的路线联系起来。一系列高晓声式的"联系"像"醒世恒言"一样振聋发聩。

马克思指出，小农是不能代表自己的，一定要别人来代表；而他们的代表，一定要同时是他们的主宰，即高高站在他们上面的权威。他们希望主宰自己命运的权威，赐给他们雨水和阳光。和马克思笔下的小农相比，陈奂生到底进步了多少呢？多乎哉？不多矣！

可笑的陈奂生，终于哭了。

从"阿Q精神"到"陈奂生性格"是一个时代，是一次启蒙，洛阳纸贵，改革开放时期的文坛被点燃了！

"天国"之亡

一支揭竿于草莽的农民武装1851年建立太平天国，与清政府南北对峙，长达十四年之久，无疑是我国历史上规模最大的一次农民起义运动。

有关太平天国的题材的作品不少，国民党对于影射"攘外必先安内"的演出深恶痛绝，竟把重庆演出后回到綦江、扮演李秀成的演员活埋，将其余二十多名人员关进监牢然后枪杀，这就是震动全国的"綦江惨案"！"皖南事变"发生后，针对国民党"兄弟阋于墙"的残暴，以杨韦事变为主线的《天国春秋》公之于世。中华人民共和国成立以后，上演《李秀成之死》，引起公开或半公开的激烈争论。李秀成是坚决抗敌、从容就义，还是贪生怕死、屈膝投降？到底如何评价李秀成以及太平天国的历史功过？

陈白尘创作剧本《石达开的末路》忠诚可嘉，吃了大亏，《红旗》杂志批判《石》剧大渡河的覆灭是有意影射红军。陈白尘当时就在我们咸宁五七干校，仰天大呼：

"冤枉！冤枉！"后来在《牛棚日记》里极为愤慨地写道："听时全身沸腾，几欲发狂！""这真是罗织人罪！主观唯心主义！"姚雪垠长篇小说《李自成》的出现，一新历史题材创作的面目，卷帙浩繁，不愧是大手笔，但是，"高夫人太高，红娘子太红"的非难不绝于耳。

如何评价历史上的农民战争，如何写作历史上农民战争题材的文艺作品，对于这两个重要问题的研究一直没有间断过。但失误于"以论代史"，千方百计印证农民起义推动封建社会前进等，用歌颂或暴露的框框硬套历史，偏离了客观本体。

我想，中国历史上难得出现规模如此之大的像秋风扫落叶一样的农民战争，但是失败了。要是取得全面胜利又会怎么样呢？那就是取代大清国。取而代之后又怎么样呢？只能是改朝换代，推倒同治皇帝自己当皇帝。

太平天国建都天京后颁布《天朝田亩制度》，这是一个纲领性的文件，从政治上肯定人人平等、男女平等、平分土地，从根本上动摇了封建制度。但是，纲领虽好，却带有浓厚的绝对平均主义空想的气味，不可能兑现。

太平军从揭竿而起到排山倒海，一直到天京陷落，从根本上动摇了清王朝的政权基础，显示了农民火山般的反抗力量，但是，农民领袖当了皇帝，即便试行绝对的平均主义，最后仍然被推翻。农民运动可歌可泣，但是不可能自己解放自己！

《在旷野里》，2024年入春的新发现

刘可凤将父亲这部长篇佚作的电子版交给邢小利，邢小利核校并加注释，确认该作的写作时间约为1953年3月至10月，前后用了七个月时间。可见，柳青到长安县后，先写这部佚作，后写"关于合作化的小说"《创业史》。李建军看了这部小说手稿的电子版后，建议用《在旷野里》作为书名，邢小利认为这个标题更准确、更理想。

李建军撰写长文对长篇小说《在旷野里》用细读的方法进行解读，分析柳青的"提问模式的写作"，考察他的这部现实主义作品的意义和文学价值，高屋建瓴，声声入耳！

柳青将作家分为"有独创性的作家"和"表现别人已经得出的结论"的作家。前一种作家，"在任何时代都是少数几个，有时候一个也没有，因为那个时代不允许有独创性"；后一种作家，"他们到生活中去，并不是为了观察，而是为了寻找形象，以便表现别人已经得出的结论。

这种结论是否正确，他们并无把握，因为他们不知道这种结论是怎么得出来的"。这就是"论证模式的写作"。

柳青已经出版的三部长篇小说，以及已经发表的中短篇小说，几乎全都属于论证模式的写作，皆以证明时代的主宰性观念或者表现时代的主体性精神为旨归，他根据这些观念和精神来建构自己的叙事世界，来塑造自己时代的英雄人物。

然而，长篇小说《在旷野里》的出现，改变了人们对柳青小说创作的单一印象。虽然表面上看，柳青的这部小说，似乎仍然属于"论证模式的写作"，但是，细细读来，你会发现，它更像是一部包含着个人经验和问题意识的小说。说它包含着个人经验，是因为，我们从这部小说里，分明看见了作者自己的影子，看见了他自己的生活和思想；说它有问题意识，是因为，从这部小说里，我们看到了他对权力等重要问题的深刻思考。就此而言，《在旷野里》大可以被归入"提问模式的写作"。它是一部怀着深深的不安和忧患、严肃而真诚地向生活提问的小说。

县委书记朱明山强烈地意识到"权力异感"可能造成的严重后果。他说："我们一定要教育干部，怎么把这种宝贵的热情引导到正确的方向上去。"朱明山的想法，就是柳青的想法：必须通过教育来克服干部身上的"权力异感"，从而最终将他们"引导到正确的方向上去"。

当然，朱明山也有性格的缺点和认知上的局限。他过于绝对地将"学习"和"那股劲儿"与家常生活和家庭情感对立起来，缺乏设身处地地体察别人内心情感的意识和能力。他不知道，生活中的很多看似对立的东西之间，其实并不是排斥的关系，而是兼容的关系。

显然，柳青并没有将朱明山塑造成一个"单向度的人"，一个透明而虚假的人。就道德精神来看，他与梁生宝同一精神谱系。他们正直，上进，高尚，但也并不完美。如果说，梁生宝在爱情方面缺乏足够的热情和活力，那么，朱明山在处理家庭关系的时候，则缺乏耐心和包容心。朱明山为自己的不和谐的婚姻而烦恼。他暗自喜欢上了在火车上邂逅的女青年李瑛。在他心灵平静的湖面上，偶尔也会荡漾起爱情的涟漪。他为此深觉惭愧和不安。情感和性格的复杂，赋予朱明山以较强的真实感和典型性。

从规模来看，《在旷野里》的形制，并不算大，篇幅不足十万字，然而，它所包含的内容和意义，却并不苍白和单薄。

这部小说准确地描写了20世纪50年代初期的时代氛围，描写了人们进入和平时期和社会转换过程中的热情和焦虑，描写了社会地位的变化造成的人际关系和社会心理的微妙变化。

《在旷野里》循着两条线索展开：一条是外在的线

索，讲述消灭棉花害虫的故事；一条是内在的线索，关涉干部的情感生活和权力观问题。循着后一条线索，作者提出了两个问题：一个是次要问题——在新的时代，人们应该如何爱和生活？一个是主要问题——干部应该如何克制权力带来的傲慢和任性，应该如何克服自己对权力和享乐的贪欲？前一个问题使读者看见作品中人物在个人生活上的苦恼，后一个问题则使读者看见作者自己对社会问题的忧患意识。

面对社会生活的知识化趋势，工农干部表现出极大的自卑和焦虑，白生玉甚至表现出令县委书记朱明山惋惜的"思想上的阴暗忧郁"。赵振国也向朱明山感慨："要马马虎虎找个对象，我看老区和新区都容易，要找个好知识分子，哪里都难缠着哩。"小说中的人物渴望更美好的爱情和更美满的婚姻，但是最终，似乎很难找到理想的爱人。

然而，小说所欲揭示的最大问题，还不是人物的情感生活，而是干部的权力观，表露出的必须及时纠正的倾向，即"权力异感"，也就是消极的权力感受，总是表现出对人和生活的傲慢态度，总是追求物质享乐、虚荣心和权力欲的满足感。柳青在这部小说中提出的深刻问题，就是如何面对并克服干部身上的"权力异感"。

比如区委书记张志谦喜欢开会，开会的时候，他高高在上、滔滔不绝，感受到了极大的快感。他是一个可怕的"开会迷"，曾因为动辄在会上讲几个小时，受到了朱明山的尖锐批评："同志，我们现在已经讲得太多了。再讲下去，群众就不理我们了。"少说空话，多做实事，这才是一个权力人物应该有的修养。

柳青的《在旷野里》的一个亮点和贡献，就是塑造了县长梁斌这个被"权力异惑"扭曲的典型。柳青在小说中写道："……有些人被摆在领导地位上以后，人们从他们身上却只感觉到把权力误解成特权的表现——工作上的专横和生活上的优越感，以至于说话的声调和走路的步态都好像有意识地同一般人区别开来了。""梁斌从副县长变成县长不久，大家就在私下议论他变成另一个人了。"他变成了什么人呢？他最大的愿望，就是当官。他想把县委书记的职务也揽过来。

在下级面前，他喜怒无常，情绪多变。

梁斌一接任正职，马上就变了另一副神气。他在党委会上开始不断地和常书记发生争执，固执地坚持意见；他在县政府里好像成了"真理的化身"，凡是他的话一概不容争辩。他新刷了房子，换了一套新沙发，在气氛上加强了他的权威。他站在正厅的屋檐底下对着宽敞的大院子，大声地喊叫着秘书或科长们"来一下"。而科长或文书们给他送个什么公文或文件，要在他房外观察好他不在的时候，进去摆在他办公桌的玻璃板上拔腿就走，好像那是埋藏着什么爆炸物的危险地区。日子长了，他发现了这个秘密，咯咯地笑着，从这些下级可笑的胆怯里感到愉快。

柳青深刻而准确地揭示了梁斌的"权力异感"。

《在旷野里》比柳青此前正式出版的两部长篇小说还要好，是一部艺术性相当高的作品。

如前所述，《在旷野里》写到了两个方面的主题内容：一个是男女之间的情感，包括夫妻之情和微妙的爱情；一个是"权力异感"，即权力的傲慢和恣肆。就前者来看，萧也牧的《我们夫妇之间》（发表于1950年1月出版的《人民文学》），已经引起了轩然大波，某些批评文章，尖利猛锐。《在旷野里》或许会被看作别样形态的《我们夫妇之间》。它虽然没有集中而尖锐地叙写夫妻之间在新的时代的紧张冲突，但是，也多处写到了夫妻之间的龃龉，甚至写到了正面人物朱明山对妻子高生兰的不满和失望，也写了他对未婚的李瑛的朦胧情愫。这样的叙事，很有可能给自己惹来麻烦。

更让柳青不安的，可能还不是关于干部进城以后的两性情感的叙述，而是关于"权力异感"的描写。在特殊的认知环境里，批评个体就是冒犯整体，而对于"权力异感"的任何描写，都有可能被严重地误读，甚至会引致严重的后果。直到1958年3月，他才在《延河》上发表了自己的第一部也是唯一的一部中篇小说《咬透铁锹》（后又屡加改写，易名为《狠透铁》）。从这部中篇小说开始，他遂将自己的小说写作从"提问模式的写作"，切换到了"论证模式的写作"。

《在旷野里》接近收煞的地方，有这样一句叙述性的话语："出了北张村，重新到旷野的路上。两个人沉默了好大工夫，老白提出他自己的问题。"老白，白生玉，老革命，为革命跑烂的鞋"我一个大汉背也背不动"。但是与权力意见不合，要回陕北"提出他自己的问题"。

事实上，在象征的意义上，每一个时代的人，都要走出自己的"村子"，都要重新走到"旷野的路上"，都要"提出他自己的问题"。

那么，在这旷野的四顾茫茫的道路上，人们到底应该如何前行呢？该如何"提出自己的问题"呢？作家又该如何进入"提问模式的写作"呢？

这些，仍然是需要21世纪的中国作家严肃地思考和回答的问题。

林海的《牛老板》

刘林海结识过不少民企老板，对他们有着深刻的认识。他们有难以想象的辛酸与艰难，大多逃不过十年破败或身陷囹圄或跑路失踪的魔咒。

他们被异化了，孤独的灵魂无处安放。

于是，有了长篇小说《牛老板》。

牛老板自小命运多舛，"驻队干部"把爷爷定为漏划富农，把母亲当"破鞋"斗死，他成了孤儿"窑子娃"。后来又遇见两个好人：张老师给他办成"五保户"，"地质钻探队"队长认他作干儿子。再后来，"农业社土地承包到户"，牛笑天自立门户成立"房地产开发公司"，竞拍土地，上大项目，官商勾结，上演一连串波澜起伏的故事，我拿起来就放不下了。

我们不忘初心，《共产党宣言》最终的目的：消灭私有制。

上世纪60年代前后，"消灭私有制"作为立即改变"一穷二白"的行动纲领，不仅脱离实际，而且破坏生产力的发展，在中国整个社会主义初级阶段显然是错的。

私企是国家经济的半壁江山，他们被异化了还谈什么经济？

刘林海书写牛笑天的跌宕离奇，手捧象征公平、公正、法律面前人人平等的"天平"为他们请命。

这是为什么？什么原因？因为他们有黑社会、警匪一家吗？

谁又是黑社会警匪一家的后台？惯常的人选大多是些科级一类的小人物，或者副什么长。刘林海却敢冒险，刨根问底挖出个大官：汉京市第一把手市委乌书记，以及乌书记豢养的一群酷吏和说客打手。

乌书记大权在握，强取豪夺，能教险途变通途，引出全书波澜起伏的精彩故事。

他们设局陷害，雁过拔毛，牛笑天是唐僧肉，九九八十一难，过不完的关，拔不完的毛，非吃完不可的唐僧肉，赤裸裸掠夺。

乌书记好智商，好情商，好风流，道貌岸然，不动声色！

刘林海的语言了得！一水儿的大白话，既没有聒噪训斥，也没有陈词老套，自然顺畅，随手拈来，文采飞扬，写情写欲遣词生动而新鲜，绝不重复，蓦然一笑再来个妙趣横生。他是小说多产作家，修得一手好文字，打个机灵灵感飘然而来。

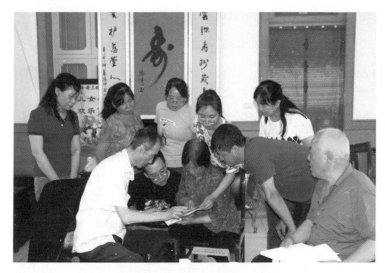

2021年6月27日第二次看望刘林海慈母作家陈慧玲
前排右起：刘向友、刘林海、陈慧玲、阎纲
后排：陈慧玲的五个女儿（摄影／杨琼钰）

最后，乌书记被纪委拿下了，汪真真的命保住了。牛笑天老泪纵横，魂归土屋。

林海啊林海，为什么是喜剧结局呢？

这正是封底评论家吴义勤、李国平、杨乐生所谓的现实启示和时代意义。

电影《白色诱惑》，为何感人至深？

电影频道（CCTV-6）首播的电影《白色诱惑》，是我国首部全面反映司法行政戒毒工作题材的影视作品，2024年5月20日公演，进入千家万户。

电影《白色诱惑》感人的力量从何而来？

来自满腔热情，来自真情实感。真情，唯有真情才是抚慰心灵的圣丹神药。来自"心灵对立"的艺术哲学。艺术的魅力源于善恶、美丑的势不两立，透过情感的反差、碰撞，凸显出深度的人格美、人性美。

戒毒是一个漫长而且非常痛苦的过程，电影《白色诱惑》运用现代语言的叙事方式，围绕戒毒进行创作，脚踏实地，一浪高过一浪地向前推进。电影视角广阔又不脱离现实，真实呈现戒毒人民警察在工作中的严肃态度和人性关怀，使法律变得有温度。最后，强行戒毒过程受到坚强意志与人道主义的感化，凸显出强大的爱的力量。

第一波：前吸毒者饭都快吃不上了。

周飞从戒毒所解戒回归社会后，丁三乘虚而入，以"白色""诱惑"他，周飞不就范。可怜他到处碰壁找不到工作，街坊邻居像看见瘟神一样躲着他。怜悯之心，人皆有之，观众不能不同情。

第二波：周飞有幸找到活儿，去环卫站扫垃圾。周飞被诱入酒吧帮忙，与钱娜耳鬓厮磨，生命突然露出亮光，东边日出西边雨，道是有情却无情？

第三波：蓝宝石酒吧萧老板放假让钱娜陪伴周飞旅游，两情相悦，坠入爱河。

这个地方好美啊！你打算一直在酒吧做下去吗？

怎么可能啊！

那你以后想做什么？

我想结婚，然后盖一座大大的房子，种好多好多花，生好多好多孩子，然后啊，我就把他们都培养成文学家、科学家、外交家，还有调酒师。

这是你的梦想吗？

人就是要有梦想啊！那你的梦想是什么？

我？我的梦想就是每天自由地呼吸。

然后呢？

然后和你一样！

陡然间，周飞发现钱娜吸毒！

钱娜跪倒，苦苦哀求，声声凄厉："你以为我不想戒吗！"周飞把她扶起，紧紧地抱住："为什么要瞒着我？""如果我告诉你了，你会离开我。这个世界上根本没有人在乎我，连我父母都不要我了，我才是那只流浪的小狗。"周飞把她抱得更紧了。

恻隐之心，人皆有之，观众无不动容，寄希望于他们婚姻的美满。然而，第四个浪潮来了，钱娜被戴上冰冷的手铐。情况逆转，观众炽热的心转瞬之间降到冰点。

第四波：周飞举报钱娜，钱娜被强行戒毒，情绪非常激动。"只是我万万没想到背叛我的人竟然是口口声声说爱我的人！"她对周飞的背叛恨之入骨："报告警官，我不想见这个人！"

一时间悲剧又掀起高潮，观众的情绪不断地波动，期待着情况的转机。

石破天惊，第五波涌现，悲极而欢，一时间喜剧又掀起高潮，果然是"两情若是久长时，又岂在朝朝暮暮"。

第五波：周飞现身说法作报告。"我也是一名戒毒学员，我曾经有心疼我的未婚妻，也有一份我自己喜爱的工作。可是因为我吸毒，我的母亲万念俱灰含恨而去。我的未婚妻痛不欲生，中毒身亡。我今天能够勇敢地站在这里就是希望我的悲剧不要在你们身上重演，也为了我爱的人也许现在还在爱我的人能够戒断毒品回归生活，回归社会。"

高潮迭起，情节大逆转，"报告警官，我申请见这个人"。

"我恨你，为什么经历了这么多从来都没有告诉我？"

"我不愿意让你分担我的痛苦，我只想给你阳光，让你快乐。因为我不想失去你，你是受害者。"

"是我害了我自己。"

"不！害你的人还会害更多的人，如果你还爱我、还爱你自己的话，希望你把过去的一切都说出来，向警官说出你知道的一切。我绝对不会放弃你，我爱你。"

第六波：娜娜坐在如茵的草地上，满面含笑。"我从来没有见过像今天这样蓝的天空。鲜花向我微笑，鸟儿向我歌唱，美丽的云朵让我自由翱翔，飞向父母的身边，又温情地依偎在周飞的怀抱。"观众此刻也深感爱情力量之强大。

第七波：妈妈很激动。"娜娜，你还好吗？""我挺好的，你们呢？""娜娜，我们等着你回家！"娜娜万分激动："妈，我错了！"

春蚕到死丝方尽，蜡炬成灰泪始干。

第八波：中秋快到了，强戒人员中秋离所探视。

让戒毒人员在中秋期间回到家中与亲人团聚，在亲情力量的感召下，让他们目睹社会的发展与变迁，具有十分重要的现实意义。

希望就在眼前！

第九波：钱娜走出戒毒所的大门，第一眼就是抬头仰望蓝天，正像她面对大海仰望蓝天和坐在草地上仰望蓝天那样，向往幸福和自由。然后拥抱父母，最后扑到周飞怀里。情之所至，悲欢交集，一切尽在不言中。

但是，假满还得按时回去，不能说功德圆满。它揭示：戒毒很难但并非戒不了，必须走完这一漫长而且非常痛苦的过程。

艺术是人学，诉诸人的七情六欲。恻隐之心，人皆有之；羞恶之心，人皆有之；恭敬之心，人皆有之；是非之心，人皆有之。青年男子谁个不善钟情？妙龄女人谁个不善怀春？叹人间真男女难为知己，愿天下有情人终成眷属。动人心者莫先乎情，渴望美好的爱情和婚姻，这是人性中的至洁至纯。

钱娜内心冲突痛苦达到极致时，观众心中反反复复回响着她的呼叫："我也不是不想戒啊！"她恨周飞，周飞却表示爱她爱到底，终生不渝。她那声凄厉的呐喊与无奈一直贯穿全剧始终。最后，声泪俱下："妈，我错了！"

《白色诱惑》九波高潮迭起，两大悲剧，两大喜剧。再加上男一号和女一号全身心地投入，演技精湛，用表情、眼神甚至肢体语言表达出不同层次的内心冲突，强大的艺术感染力直抵人心，教人如何不深省、不动情！

吸毒的危害巨大。吸毒成瘾者的平均寿命只有四十岁。毒品使人完全丧失尊严，家破人亡。因此，戒毒是世界性谈虎色变的大难题。我国政府大力投入，开展科学化、规范化、专业化戒毒活动，戒毒人民警察饱含热情，实施人性化管理，收到堪可称道的效果。

电影《白色诱惑》向人们发出呼唤：抵御"白色诱惑"，珍爱生命，远离毒品！

夜宿岳家寨　无怀氏之民软?

红尘喧嚣，上太行!

山上有个"世外桃源"，辖归山西的平顺。有山就有胆，高可接天，静可避世，好去处。

向上，向上，车行九十九道湾的环山道上，下有"红旗渠"跳跳蹦蹦缓缓流淌，水声可闻。移步换景，车行山亦动，一路悬壁之险。

向上，再向上，上到独立峰巅的"下石壕"。

"下石壕"地处晋、冀、豫三省之交，仅38户人家，是一座悬空的孤城。居民多岳姓，传与岳飞家族沾亲带故，改名"岳家寨"。

寨有栈道，似羊肠绕峰，回环弯曲，其险无比，记录着先民流动的足迹。其道宽不过二人，寨民牵一头猪娃上山，养大，卖钱办货，只好将肥猪宰杀剁成一块块背下山去。站立栈头，犹如攀岩，颤颤悠悠，不敢向前挪动半步。

颤颤悠悠，又想起刚才上山的路来。那不是路，是盘桓于万丈山腰的天梯，是人工接通的动脉血管。更为险恶的，是穿越隧道，一座座莽苍苍的石山竟然被凿穿了。隧道的周围，布满如匕首一般锐利交错的石刺，森森然，那是村民一榔头一榔头敲打出来的，磨短了多少钢钎，吃了多少苦，坚持了多少个昼夜，流了多少汗、多少血！村民用生命开路，换来我们今天跳山越岭之如履平地，感天动地，必有神助！……我想给他们下跪！

我们在太行山上，我们置身"桃花源"。千年的椒树将人们带到远古，扑鼻的椒香将人们引入本乡本土，这不就是遐迩闻名的"大红袍"么？

远山的云雾在微风的吹拂下，一朵朵浮游而来，缠住我的腰身。画论云："山欲高，云雾锁其腰。"看，又从我的头顶飘了过来，一朵接着一朵，飘飘然，如在天宇梦中。

杀鸡宰羊，筛酒布菜，泉水沏茶何等清香，野果杂陈最为新鲜，不论是红枣核桃苹果梨桃鸡鸭鱼肉煮鸡蛋，一水儿的绿色有机食品。我特别对寨上的甜梨和煮鸡蛋感兴趣，那是孩提时的真味呀！

寨民忙待客。

浓雾聚成白云从头顶飞过，沉重的夜雾渐渐笼上了峰头，细雨霏霏，任由它打湿双颊，很滋润。中雨晚来急，我们登上宽敞的凉台，棚顶挡住雨水，伸手能戏雾弄云。

篝火晚会改为平台联欢，与谁同坐？古道热肠清风我。推杯换盏，高谈阔论，歌影摇风超然自适，醉上眉头，亦梦亦幻，不知有汉，无论魏晋！

　　一夜无话，听雨，淅淅沥沥到鸡叫。雨霁日出，四山清明，石板房前曲径，一览众山小。

　　握别山寨，付费，羞不言价，问急了，说："看着给吧！"给多了，拒收。

　　山川风月，气象万千，谁能参透其中的奥秘，谁能道尽娱目移神之美感？岳家寨啊"下石壕"，清风无价，明月无价，氤氲无价，紫气无价，清静无价，天籁无价，净土无价，安适无价，天然恬淡无价，让主人怎么跟你讲价钱？

　　离寨时，突然，发现包里鼓鼓的，打开一看，呀，有梨，有煮鸡蛋四个。

　　正要启程，寨民急匆匆跑了过来，把我落在枕边的手机递到我的手里，心底蓦然涌起一股暖流，说不出的恋慕——一种梦境所给予我的特殊感受。

　　无怀氏之民欤？葛天氏之民欤？

　　向上，行车于人工开凿的山路，当地叫它"天路"。再向上，徜徉山巅，直接天际，通往现代文明。

　　下得山来，回味不已。引路者最后问道："此行何感？"

我仰首群峰，答曰："巍巍太行，惟此奇绝。"

再问："能留一幅字吗？"

手书：颐养天年人增寿，请到平顺梦里来。

从"白房子"到《中亚往事》

中国有一个人，在世界进入21世纪时，以唐僧取经的宗教精神穿越丝绸之路，直抵罗马，追寻历史，他就是高建群。

一、独立文坛的奇葩

作家成名大抵在四五十岁之间，高建群成名更早。

他说："白房子是以我猝不及防的形式塞给我的一本书。它吞没了我的一生，我才成为现在的我，特殊的我。"

写"白房子"之后，高建群骑着他的黑走马四处奔走，完成《游牧者的简史——我的黑走马》，25万字。马蹄落地，溅起火星，从戈壁滩掠过，从人类的编年史中掠过！

高建群转业回到陕北，担任《延安文艺》记者，又像是"骑着他的黑走马"似的，四处奔走，走遍陕北的角角落落，写出让我读之热血沸腾的《陕北论》，洋洋洒洒，极富自我自得的浪漫主义色彩。他写道："当我看着安塞腰鼓以不可一世的姿态踢踏黄土时，当我来到黄河延水关汹涌的渡口，虔诚地为多灾多难的民族祈祷时，我想起我的一位艺术家朋友的话，他说，我们这个民族的发生之谜、生存之谜、存在之谜、发展之谜，也许就隐藏在这陕北高原的层层皱褶中。"

《最后一个匈奴》的初稿诞生了。他将初稿交给朋友，何曾料到，朋友把书稿丢了，天大的灾难啊！

高建群丢了工作，掉了三颗牙，掉了十三斤肉，差点导致一场"自杀危机"。路遥说：高建群"疯魔了！"他竭尽全身之力重写《最后一个匈奴》。

十年后，高原史诗《最后一个匈奴》出世了，高建群时年仅三十九岁！

何等刚强，何等胸襟，何等智慧，何等感人啊！

高建群的作品又多又快又好，是继路遥、陈忠实和贾平凹之后陕西省的又一座丰碑。

二、支柱型作品《最后一个匈奴》

读文学作品就是读语言。语言不但是文学的形式，而且是文学的内涵。语言是高建群的利器，简洁、豪放、雄浑，从血管里喷射而出，直逼人心。

他硬气的时候，叱咤风云，那呼喊，霸气十足！他抒

阎纲与高建群

写人性和性时，借助信天游，大胆甚而放纵。

天配良缘！索菲亚，一个匈牙利的姑娘，匈奴西迁的后裔，跨洋过海寻找祖宗的根基。她到陕北，拜访杨岸乡。两个人在赫连城的城垛上坐了很久，积蓄千多年跨越数万里的感情爆发了，幸福叫他们眩晕，两个人野合了！

"此次旅行将我变成世界主义者，亲爱的，不要把我当外人，权且把我当作一个穿着大襟袄大裆裤的陕北婆姨吧！"

《最后一个匈奴》的尾声：

索菲亚头顶红盖头，脚踏绣花鞋。他们顺着

这赫连城，绕了三个大圈子，最后走入洞房。

三、《统万城》：北方最大的游牧民族最后的绝唱

三十九岁时，高建群出版长篇小说《最后一个匈奴》，销量超过100万册。五十多岁又写了传奇历史故事《统万城》，25万字。

长篇小说《统万城》通过深入的研究和大胆的想象，描绘出"大夏国"开国君主赫连勃勃传奇的一生，以及匈奴民族怎样退出人类历史舞台的全过程。

《统万城》形神跃然，恢宏大气，是高建群文学创作的又一高峰，是中国本土的文学经典。

高建群从小生活在陕北，在新疆又当了五年骑兵，骨子里流淌着游牧民族的血。他笔下一座城"大夏国"与一个王赫连勃勃的故事，是匈奴这个中国历史上最大的北方游牧民族留在中国大地上最后的绝唱，也是世界史上最为悲壮的史诗。

四、东方和西方是一个汽车轮子的距离

高建群以写"白房子"踏入文坛，以《最后一个匈奴》奠定其实力派作家的位置。

一般作家，成名作就是代表作。高建群是个例外。他闷头三年，就会有一部大作出来，而且超过上一部。文采

斐然，独步文坛。

2019年，六十五岁的高建群长跑继续着，一直跑到"丝绸之路"的终点。

旅途中，他做过13次演讲。他说："父母给了我们两只脚，为的是有一天用它来丈量世界。""世界的尽头在哪里，山的那头是什么风景，且让老高去看看！"

他日复一日长跑，历时共七十天，收获的是沉甸甸的一部大著《丝绸之路千问千答》，他叫它是"圣经体写作"，并附有他的书法和插图。最新正式出版的，就是2024年5月的皇皇大著《中亚往事》！

诗人王久辛说："我们要感谢作家高建群，他为我们这个时代提供了一个光照千秋的民族英雄的形象——马镰刀。这个形象从一个落草为寇的破落小儿，逐步成长为一个被大家认同的、追随的、热爱的民族英雄。这个形象塑造得非常成功，同时还有一群人也塑造得非常好，如叶丽亚、胡永、小长安等，这也可以看出高建群雄厚的创作实力和扎实的文学准备。"

五十年辛苦非寻常，高建群，当代英雄，历史不会忘记您！

爱也销魂，怨也销魂，给自己立了十条规矩

我很看重西方文论所创立的接受美学。嘤嘤其鸣，求其友声。

作家、读者必须彼此投缘，感知感应，双向互动。好在我幼小时就酷爱戏曲和曲艺，年轻时经常写些戏本和说唱，深知故事如何抓住观众，语言怎样粘住耳朵，深知传统艺术的民族化、大众化以及喜闻乐见的形式是强大的磁场，有意识地把它纳入我的文学评论与文学创作，致力于文学的文体改革。虽不能往，心向往之，实不能也，非不为也。

《鸭绿江》谷新等友人问我："写作上有什么经验？有什么追求？"

我说：我的教训多于经验，与其回答我怎样写，不如回答我"想"怎样写，这样一来，追求也在其中了。

重点分析人物，着眼于性格之间和性格内在的"对立"，在性格的"对立"中掌握现实关系，深化主题思想。

至关重要的是人物评论，通过人物形象和人物关系的剖析对文本进行审美判断。剖析人物应着眼于内心冲突、情感反差这一从多元对立到一元统一的变化过程。

1984年4月，评论家好友傅愈来京，寓作协院内，与我朝夕相处。其间，正值我的《文坛徜徉录》上下两本出版，工余饭后，我们打开新书挑错字、找语病，圈圈点点，切磋琢磨。我们又参阅其他人的评论文章，也朗读，也比较，每至夜阑人静、星月西沉。

评论作品贵在抓特点，抓意境，找到评论的"眼"，"嫩绿枝头红一点，动人春色不在多"。

从作品形象入手，行文要和形象粘连在一起。

牢记恩格斯的"把各个人物用更加对立的方式彼此区别得更加鲜明些"的分析方法。对立统一的艺术辩证方法，最能解析情感世界的本质。

巧用短句、排比句，尤其注意对比句和转折句的多用。人物丰满的"统一"最好通过复杂"对立"之类的关联句式（"既……又……""并不是……而是……""虽然……但却……"）予以概括和表达。深入肌理的剖析，相反相成的词锋，一连串排比的漂亮词句，犹如电光一闪，照亮着艺术的奥秘。

试引诗词和电影蒙太奇入文，造成语言、语意起伏跨越之势。

达意贵在简括，相信再深奥、再繁难的内容也能用最清越、最干脆利落的文字表现出来。

要短，要精粹，任凭你千军万马，老僧只凭寸铁杀人，虽小却好，现在谁还有耐心听你唠叨？

苦心经营入题和破题，开篇就要将文章的情绪和色调做好，开头的一句或一段必须出彩。

卒章显志造势，或光亮如火把，或灿烂如朝霞，或潺潺如流水，或沉沉如警钟，不把话说尽。

惟陈言之务去，令人生厌的穿靴戴帽、故作高深的评论腔调、叠床架屋的卖弄文字，当在扫荡之列。

为了规范写作，积七十多年之经验，我给自己立了十条规矩：

一，中华文学之根在《诗经》，兴观群怨，主流是"诗可以怨"。

二，司马迁说"《诗》三百篇，大抵贤圣发愤之所为作也"。历史在悲剧中推进，写作亦然，悲剧里有壮美，有崇高。

三，文学之道，贵乎灵气，自由想象加上文采飞扬成就艺术，用形象说话，用细节传神，读者欲罢不能。

四，文学的基本功在于多读多写，多读胜于多写，写不下去时，读你崇拜的作家的精品，反复地读，拆开来读，边读边琢磨，灵感也许飘然而至。

五，没有独特的发现，没有触动自己的灵魂，不要动笔。

六，没有把此作者同彼作者以及该作者以往的作品区别开来，不要动笔。

七，细节、细节！没有一两个类似阿Q画圈圈、吴冠中磨毁印章那样典型的艺术细节，不要动笔。

八，精炼，去辞费，不减肥，不出手，你要存心折磨人，你就把话说尽。

九，认同费孝通的"文化自觉论"，"各美其美，美人之美，美美与共，天下大同"。以此融入国际体系。

十，跻身文坛七十多年，最动心者，莫过于人格力量，它不完美，但满怀悲悯。清代阮元说："学术盛衰，当于百年前后论升降焉。"

文学就是文学，爱也销魂，怨也销魂，望星空，下笔如有神。

王蒙《在伊犁（节选）》赏析

　　王蒙是开创本土意识流写作的第一人，既有现实主义的《布礼》，又有放纵笔墨的《夜的眼》。从《夜的眼》而《布礼》，而《风筝飘带》《春之声》《海的梦》，直到《蝴蝶》，凡六篇，五光十色，文坛爆红了。

　　王蒙，少年的布尔什维克，从入仕到挂冠，当官不忘写作，没有一丝一毫当官发财的念头，手不过钱不贪女色。

　　他是被"扩大化"，戴着帽子请求下到边远的伊犁劳动锻炼的。他以底层人的身份投入维吾尔族兄弟的怀抱，坚守信念，艰难度日。他学维吾尔语，教汉语，同吃同住同劳动，持续七年之久，熟悉一切人，发现一颗颗美丽的灵魂，那么善良那么和谐那么尊重人爱人怜悯人！

　　十六年心路，一腔热血，化作长篇巨著《这边风景》（迟至2013年才正式出版），意象叠加，是一部活生生的当代新疆民族心灵史。《在伊犁（节选）》是《文艺报》

从王蒙1986年首版的《在伊犁》里精选的章节。跨过"文革",毕竟出版了,公之于世。

王蒙回忆说:1976年9月8日,中秋节,明晃晃的月光,照得我们睡不着。我与妻唉声声叹气,议论天要是塌下来怎么办。十五的月亮十六圆,一个时代结束了。

谈及《在伊犁(节选)》,王蒙淡淡切入,娓娓道来,从夜不闭户的古风说起,缓缓入题,一个高潮接着一个高潮。

那是静水深流,是平朴绚丽,淡淡的又浓浓的,是理念和信心凝聚的诗;是从心泉流出的小溪,一片浅草,几棵小树,为人们解一时之渴,供一席之荫。

《在伊犁(节选)》的最后是两场喜剧:老两口调侃对话和同母驴拼死打架。

这还不算,饭后一个小时,阿依穆罕还要再精心烧一小壶茶。她对穆敏老爹说:"老头子,茶没了,该到供销社去买了!"

"胡大呀!这个老婆子简直成大傻郎了!一板子茶叶,两公斤,十天就喝完了!"他在惊呼,然而满脸仍是笑容,他好像在着急,却仍然充满轻松,他好像在埋怨,却又充满得意,也可以说是欣赏,或许是在炫耀。

"你才傻郎呢!""不是十天,是十二天。又不是我一个人喝的……反正你明天得给我拿茶来。"

"喂，老太婆，砖茶多少钱一公斤你知道不知道？茶叶是从老远老远的地方运来的，你知道不知道？尤其尤其最重要的，我已经没有钱给你买茶叶了，你知道不知道？"老爹把声调提高了，眉头也皱起来了，说完，哈哈大笑。

"我不知道。我不知道。我只知道喝茶。"

紧接着又是一场喜剧，房东二老正与母驴搏斗。

母驴刚刚产了一驹，老爹好久没有骑用它，这会儿急于夜间巡查浇水情况，母驴恋驹心切，不肯外出，老爹紧抓着缰绳打转，大喊大叫，脸红脖子粗。老太婆尖声斥骂母驴，照样无济于事。二老一驴，斗得难解难分。母驴伸长脖子，更激起了老爹的怒火，跳起来照着母驴就是一拳。我想帮忙又帮不上忙，想笑又不敢笑。

简朴的生活，简单得不能再简单的财产，稀少的人烟，不发达的商品生产与商品交换。客人喝了你家的一碗牛奶，明天你的奶牛说不定会多出五碗奶——多么美丽的风情啊！

他说过"我热爱生活超过热爱我自己""一拿起笔，细胞好像都活跃起来"。所有的艺术因素如色彩、音响、动作、对话、眼神尽收眼底，组成有声有色的精神图谱，背后是风骨和神韵。

他说过"长篇小说是我的情人"，情人手里有多副笔墨，因小见大，画出不尽相同的人文景色。他画伊犁："文须通俗方传远，语必关风始动人。"他在有限的框架里摄取画面："窗含西岭千秋雪，门泊东吴万里船。"——四维立体的动画啊！

他用形象说话，用细节传神，用智慧和机敏建构，点穴似的来上些幽默、犀利、敏锐、善良、深情，泪尽还一笑，健壮有信心。——这就是王蒙迷人的文学！视为情人和生命的文学！

一个时代有一个时代的文学，不同的题材有不同的写法，但是文学的基本规律穷尽古今、贯穿古今而不变。

让我们仰面祖宗，赓续楚辞、汉赋、唐诗、宋词、元曲、明清小说的光辉与魅力！

人问我长寿的秘密

　　余生也早，1932年，猴年，"九一八事变"，霍乱流行，民国十八年年馑，母亲用苦涩的井水搅拌而成的奶水把我养活，身体虚弱，供血不足。

　　生于忧患，忧国忧民，"文革"炉里又锻又炼，逼供加武斗，几回回想自杀又不能，剩下一把骨头和五分之三的胃，萎缩性胃炎又加膀胱出血，闹得我坐立不安。一身的病痛。虱子多了不痒，死呀活呀不想它，年复一年地忙活，一转眼怎么成了鲐背老人！

　　要说遗传基因，我的概率是短命的，祖母殁于六十岁，精神受刺激；祖父不到七十，脑出血；母亲六十，高血压；姑姑二十多岁，淋巴结核。

　　要论体形，又瘦又高，心脏负担过重，供血不足，动脉硬化。

　　父亲八十七岁亡故，没有三高，我可能随了父亲。

　　身体虚弱，供血不足，农活却干得干净利落，因为母亲要"抽懒筋"，忙天一到，像赶牲口似的把我和哥哥赶到舅舅家打麦碾场，从小练就一身干活的技能，干校肩扛二百斤的麻袋登软梯上囤腿不软，地里渠里干活出淤泥而不染，大馅包子一顿吃十个，夜里办"学习班"逼供信左右开弓人不倒，送饭来方知东方之既白。

干校六年，自杀未遂，死过好几回，随父亲的基因，靠精神活着，感谢为我昼夜跳动的心脏，我渐渐强壮起来。

"文革"留给我的纪念就是胃平滑肌肉瘤。肉瘤毒性比癌大，但不叫癌，要把胃全切除，一顿只能吃一两饭而且疼痛，术前家属不敢签字。结果，出现奇迹，胃只切除五分之二，这是"天意"！

五分之三的胃支撑我进入改革开放时期，义愤填膺，不注意营养，不注意休息，不注意锻炼，夜以继日写文章声讨"四人帮"。

没有睡过弹簧床，没有过过星期天。爱读书，"宁肯食无肉，不可居无书"。书籍是我的朋友，我的老师，我梦中的情人。

"七十三、八十四，阎王不叫自己去。"我去了。

"你怎么来了？本家子嘛！等你活够数儿再来，还可以活过这个数儿！"

按"命理学"原理，这是"天寿"，关乎生理寿命，也涉及心理和精神的健康——从原始的神灵崇拜转化为科学养生，探索寿命的长短和生存的质量。

王蒙发来录像，说阎纲老哥九十岁了还在写作，"我祝福他继续活下去，继续写下去，等着看他的新作"。

又是熬夜，粗茶淡饭，没有三高，日夜兼程，即将出版《礼泉作家论》和《我还活着》的续集《我在场》，以应对王蒙予我的厚望。

王蒙也老了，王蒙不老，年逾九秩日行六千步像精壮的小伙子。

步入老年，渐渐活明白了，拙作《九十抒怀》曰：

爱与被爱是幸福，悲欣交集是人生，没有毫无自私自利之心的人，也没有绝对正确的神，无私的奉献只有生母如地母，有奉献又有享受才是活着，活着就要审美，同饱经世乱的思想家进行灵魂的交流。

在历史的长河中，对命运不断地挑战，认识人世间变化的规律，最后获得有益于持续生存的大智慧，自然健康长寿。

至于长寿的秘密，简而言之八个字："能吃能睡，没心没肺。"不做亏心事你就吃得下，睡得着！或者，二十八个字：

安贫乐道多饮水！量大心宽少吃荤！

活着不怕还怕死？死都不怕怕困难？

我坚信俗话所说的"脑子愈用愈发达，不用则退化"。头脑越磨越亮，磨出记忆力，磨出精气神，磨出长寿的秘密。

2024年农历八月日近中秋